契約彼氏と蜜愛ロマンス

Ichika & Syogo

小日向江麻

Ema Kobinata

JN055907

エタニティ文庫

目次

契約彼氏と蜜愛ロマンス

1

「実はわたし～、結婚することになりました♪」

コンペの打ち上げを兼ねた部署内の飲み会で、宴《えん》もたけなわとなったころ。ゆるふわヘアの似合う理穂《りほ》ちゃんが、突然そう宣言した。

「え、マジ？」

「よかったじゃない、理穂。おめでとう～！」

居酒屋の個室に歓声や拍手が湧く。時間を重ねて少々気だるげになっていたその場が、一瞬にして祝福ムードになった。

「おめでとう、真辺《まなべ》さん。式はいつの予定なんだ？」

部長が、酔いの回った真っ赤な顔で訊《たず》ねる。

誇らしげに「半年後です」と答える彼女の表情は、幸せいっぱいな笑みに満ちていた。

……結婚。また、独身が減るのか。

「旦那さまはどんな人？」とか、「新居はどこ？」とか。芸能リポーターばりの質問が飛び交うなか、私、瀧川一華《たきがわいちか》は長テーブルの端で、ひとり小さくため息をついた。

「瀧川～、なーに暗い顔してんだよっ」

――と、そこへ妙な調子をつけた声を出しながら、社内でも面倒なキャラで知られる、同僚の戸塚《とつか》がやって来た。また嫌なヤツが……。思わず顔をしかめそうになる。

彼は、ビールジョッキを片手に私の横へ腰を下ろし、反対の手で私の背中をばしんと叩く。背中に痛みが走った。

「いった！　何すんのよっ」

私は、掘りごたつの下に下ろされただろう彼の足を、思い切り踏んづけてやった。すると、戸塚は鋭い痛みに呻《うめ》き声を上げる。

「お、オレはただ、暗い顔してる瀧川を元気づけようとしただけなのにぃ……よよよ……と泣き崩れる演技をしながら、取り皿が散乱するテーブルに突っ伏してみせる。彼の言動のすべてがうっとうしい。

「……別に暗い顔なんて」

「しってまっすよ～ん」

戸塚はむくりと顔をあげると、へらりと笑って言った。

「今考えてたこと、オレがズバリと当ててしんぜよう。『あー結婚か。また独身が減っちゃったな』だろ？」

戸塚はご丁寧に、私の物まねまでしてみせた。全然似ていない。けれど——

「っ……」

なぜわかるのか。そう言いたくなるところをこらえる。

「真辺は瀧川のふたつ年下だっけ？　そりゃ、先越されれば面白くないよな〜」

「そんなこと言ってないでしょ」

からかうようなニヤニヤ笑いに腹がたってたまらない。キッと戸塚を睨《にら》みつける。

「またまた〜、図星のくせに」

「そういうんじゃないってば」

苛立ちに任せ、今度は掘りごたつの床を足でドンと鳴らした。

嘘を言っているつもりはない。後輩の結婚は喜ばしいし、祝福しないわけなんかない。

不快感を露《あら》わにする私に構いもせず、戸塚はビールを一口呷《あお》る。

「ま、何でもいいけどさー。これで、うちの部の独身って、オレと瀧川だけになっちゃったんじゃな〜い？」

「……そう言えばそうだね」

我が運営管理部の面々を頭に思い浮かべてみる。悲しいかな、どうやらその情報に間違いはないようだ。

「もらい手がないなら、このオレがもらってあげよっか？」

「それは結構。余計なお世話」

「照れてんの？　ドキドキしちゃう？」

「そんなわけあるか！」

「おー、怖い」

私がくわっと目を剥《む》くと、戸塚は自分を抱きしめるようにして怯《おび》えたふりをする。

このお調子者の勘違い男が。何が『もらってあげよっか』だ。冗談じゃない。

一千万……いや、一億円積まれても無理だな。

私が嫌悪感を募《つの》らせていると、彼は今さっき置いたばかりのビールジョッキを持ち上げた。

「真辺のこと、ひとまず形だけでも祝ってやりなよ～？」

「形だけって――」

「大人なんだから。建前《たてまえ》も大事、大事♪」

それだけ言い残すと、理穂ちゃんを中心としたお祝いの輪のなかへと戻っていく。

……だから、祝福してないわけじゃないんだってば！

揶揄《やゆ》まじりの戸塚の台詞《せりふ》に心のなかで反論しながら、私は手元にあるモスコミュールの入ったグラスを引き寄せて、一気に呷《あお》った。

■□■

酔い覚ましがてら、最寄り駅よりもひとつ手前で降りた私は、帰宅にひしめく人波をすり抜けて改札を出た。

瀧川一華。二十八歳。独身。

都内の大学を卒業してからずっと、惣菜《そうざい》を販売する小さな会社の運営管理部門で働いている。いわゆるごく普通のＯＬだ。

彼氏は、今はいない。

「今は」と言い続けて、もう何年になるだろうか。

はい、見栄《みえ》を張らずに正直に言います。……ずっと長いこと、いません。

学生時代に、手を繋《つな》いだり、唇が触れるだけのキスをしたりの清すぎるお付き合いの経験はある。だけど、互いを深く知り合うほどの本格的な恋愛は未経験。

男友達はいないわけじゃないけど、いわゆる飲み友達ってヤツで、異性を意識するような相手は皆無《かいむ》だ。

なんてことを白状したら、理穂ちゃんも戸塚もさぞおどろくんだろうな。

……年齢を考えたら、当たり前か。

言い訳をするならば、私はどうも男性に女性扱いされるのが苦手というか、女性として意識されるのが気恥ずかしいのだ。

その裏には、「女性としての魅力」という部分での自信のなさがある。親しみやすさも社交性も標準程度には備わっていると思うけれど、私は、自他ともに認める負けず嫌い。男性に対しても「素敵だと思われたい」というより「負けたくない」という感情のほうが先に来てしまう。

ゆえに、甘えたり弱みを見せたりすることができない。早い話が、可愛げのない女なのだ。

自分の内面を相手にさらけだすことができないから、信頼関係を築けないのだと思う。

『真辺は瀧川のふたつ年下だっけ？　そりゃ、先越されれば面白くないよな～』

戸塚のからかうような声が、脳内に響く。ご丁寧に、エコーまでかかって。

「別に面白くないとか、そんなんじゃないし」

コンクリートの地面を叩いて鳴る、パンプスのヒールの音。それにかき消されてしまう程度の声で呟《つぶや》く。

同僚や後輩の「結婚します」というフレーズを、これまで何回聞いただろう。

最初の数回こそ、純粋に「おめでとう」という感情しか湧かなかったけれど、最近はそれにまじって、居心地の悪さみたいなものが生じてしまう。

まるで自分が、当たり前のレールに乗っかれていないはみ出し者であるような。

この歳になると、結婚して家庭を持つ女友達が急激に増えはじめる。結婚式やその二次会に呼ばれる回数も、ここ二、三年でぐんと増えた。

それに伴い、これまで頻繁《ひんぱん》に会っていた友達と、物理的にも精神的にも距離が開きはじめる。しかも一度離れてしまったら、その差は時間が経つごとに開いてしまう一方だったりする。

正直、結構寂しい。今まで構ってくれていた友達が、みんな旦那や子供のほうを向いてしまうのだから。

一度立ち止まって、地面に向けていた視線を上げた。

私を見下ろす位置で照らしている街灯に、小さな虫が群がっているのが見える。

今日は残暑が厳しく、夜でも汗ばむような気候だ。私は、ペースを落として再び歩きはじめた。

――でもだからといって、今の自分を悲観してはいない。

確かに気軽に連絡できる女友達は減ったけど、まったくいないというわけではないし、男友達も一応いる。

「結婚」のタイミングは人それぞれ。同僚の女性が速《すみ》やかに「結婚」という道を辿《たど》るからといって、私もそうしなければならないという決まりなんてない。

現在、私が「結婚」という言葉に興味を持てないのなら、それはまだ時期ではないということだ。無理してそれを引き寄せようとする必要はない。

なのに、飲み会での戸塚のように、「年齢的にそろそろ……」と、やたらと結婚を煽《あお》ってくる人間がいる。

「……放っておいてほしい」

それに尽きる。本当、放っておいてほしい。誰にも迷惑かけてなんていないんだし。

……と思ったところで、今度は、実家にいる両親の顔が浮かんだ。

男っ気のまるでない私に、近頃は実家に帰るたびに「いい人はいないの？」やら「私たちが元気なうちに相手を見つけてね」などと、結婚を急《せ》かすような発言をしてくる、父と母。

いや、でも迷惑をかけているのとは違うか。ふたりが過剰に心配しているだけなんだから。

……違うと信じたい。

心配されているうちが華だとは言うけれど……もうすこしだけ、自由でいさせてほしいと思ってしまう。それは我儘《わがまま》なのだろうか？

好きな人ができるまで、敢《あ》えてひとりでいたいという主張は、そんなにも異端なんだろうか。

歩き進めるにつれ、周囲の景色が、駅前のギラついたネオンから住宅街特有の温かな明かりに変わる。自宅まであと数分という距離で、ある公園に差し掛かった。

こぢんまりとした家々が立ち並ぶなか、ショベルカーでくり抜いたかのようにぽっかりと空いたその公園は、遊具も少なく、空き地のような外観だ。入り口で足を止める。

飲み会がお開きになったあとすぐに電車に乗ったから、今は午後八時半。

――この時間だけど、いるかな。

心のなかでそう呟《つぶや》きながら、公園の端にある、土管を模した遊具の傍《そば》まで歩み寄る。そして、しゃがみこんで土管の内部をそうっと覗きこんだ。

長さ二メートル程度の土管のなかから、にゃあ、と小さな鳴き声が響く。

同時に、丸く小さな影がちょっとビックリしたように動いたのがわかった。

いた。つい口元が綻《ほころ》ぶ。

「おいで」

私が手を差し出すと、ほんのすこしの間のあと、灰色にうっすら黒い筋の入った前足がぴょこんと飛び出てきた。その足が砂利《じゃり》の地面を踏みしめる。もう一本の前足で私の手を突っついてようやく顔を上げたのは、潤んだ丸い目の美形な猫だ。

この時間ではわかり辛いけれど、明るい場所では緑がかって見えるその瞳はつぶらで、とても愛らしい。

「遅い時間に、ごめんね」

私が小声で謝ると、「別に」とでも言うかのように、寝かせていた両耳を立てた。長い尻尾をぴゅんと一振りして、素早く土管の上に乗っかる。

猫はいい。癒《い》やされる。

中腰になり、喉の辺りを人差し指でちょいちょいとなでてやると、サバトラ模様の身体をくねらせながら、もっともっととせがむように顎《あご》を上げた。

「いい子だね、アメリ」

うっとりとした表情で喉を鳴らす様子に、思わずそうもらす。

とはいえ、アメリというのがこの子の本当の名前なのではない。

その外見が、高級猫としてよく知られているアメリカンショートヘアに酷似《こくじ》しているから、私が勝手に呼んでいるだけだ。

性別も女の子だし、まるで海外映画のヒロインのようで、我ながらいいネーミングなんじゃないかと思っていたりする。

会社帰りにこの空き地でアメリを見つけて、彼女のもとを訪れるようになってから早半年。最初は警戒心むき出しでまったく近寄って来てはくれなかった。けれど、粘り強く通い詰めた結果、こうしてリラックスする姿を見せてくれるまでになったのだ。

「ねえアメリ、後輩がまた結婚するんだって」

アメリの喉元をなで続けながら、ぽつりとこぼす。

「そしたら、あの勘違い男の戸塚がね、『もらい手がない』なんて言ってくるの。失礼しちゃうと思わない？」

当然ながら私の言葉に返事をするでもなく、アメリは気持ちよさそうにゴロゴロと喉を鳴らしているだけだ。

「私だって自覚はあるんだから。いちいち言葉にするなっての。っていうか、アイツに言われるなんて不愉快すぎる」

こんなところ、誰かに――特に会社の面々に見られたりしたら大変だ、と思いつつ、やめられない。猫を相手に、愚痴《ぐち》吐き大会。

いい歳して何やってるんだと思うけど、男まさりな性格ゆえに誰かに愚痴《ぐち》をこぼしたりできない私にとって、こういう時間は貴重だったりする。

……あーあ。家でなら、こんな姿を見られる心配をする必要もないんだけどなぁ。

いっそアメリを連れて帰りたいという気持ちもある。けれど、それはなかなか難しい。

もともと動物が好きで、実家でも猫やウサギを飼ったりしていた。だから私の気持ち的にはウェルカムなのだけど、今のマンションはペット全面禁止なのだ。

というかそもそも、アメリがノラ猫なのかどうかも怪しい。いつも身体が綺麗だし、毛艶《けづや》もよく、食べ物に飢《う》えた様子もない。

放任主義の飼い主さんのもとで、自由を満喫している可能性もある。そう考えると、勝手に連れ去るわけにはいかない。

というわけで、アメリとの関係は今のこれがベストなのだ。

気が向いたときに会いに行って、愚痴《ぐち》を聞いてもらい、癒《い》やされる。

……あれ？　これって。

お金の介在はないものの、心の隙間を埋めるためにホストクラブにハマっている構図と何ら変わりないのでは？　そう気付いて、愕然《がくぜん》とする。

愚痴《ぐち》を聞いてもらう相手が人間じゃなくて、猫ってだけじゃない！

でもすぐに、実際にホストにハマり貯金を吸い取られていくよりはよほど健全だ、と自分に強く言い聞かせた。

「アメリも私のこと、ヤバいって思う？」

「みゃあ」

ＹＥＳと取れるような返事が、タイミングよく返ってきた。

「こんなときだけ返事しないでよ」

拗《す》ねた私は、喉を擦《さす》っていた指を引っこめて、アメリをじろっと睨《にら》んでみせる。

「私だって、恋愛が絶対嫌ってわけじゃないんだよ。素敵だなって思うような人が現れさえすれば、すぐにだって恋に落ちちゃうかもしれないんだし」

そうなのだ。恋ができないのは、私だけのせいじゃない。

私が興味を持てるような男性が周囲にいないことが、一番大きな原因のはず。

「好きな人、できたら楽しいのかなって思うこともあるけど……」

だけど、彼氏がいる自分、というものを想像しようとしても上手くいかない。どんな男性ならいいのか、どういう部分に惹《ひ》かれるのか、さっぱり浮かばないのだ。

好きってどんな感情だろう？

……これは重症かもしれない。

誰かを純真無垢《じゅんしんむく》に好きとかカッコいいとか思えたのは、かなり過去のこと。

頭に過《よぎ》ったのは、昔も昔。小学校から中学の途中まで習っていたピアノの教室で見かけた男の子だ。

私と同じくらいの年齢なのにずば抜けて演奏が上手くて、物静かで神秘的な雰囲気で。顔もカッコよくて……王子様を地で行くような子だったっけ。

「こりゃ、当分ひとりかな……」

言いながら苦笑する。思い出されるのが中学生のころのエピソードだなんて、だいぶまずいみたいだ。

とか、考え事をしていると、目の前にいたアメリの姿がなくなっていた。

「アメリ？」

周囲を見回したり、土管のなかを覗いたりしてみても、やはりいない。

「薄情だなぁ、もう」

アメリにさえも見捨てられてしまった。

私はスカートの砂ぼこりをはたきながら立ち上がると、ちょっぴり寂しさを覚えつつも公園を出たのだった。

2

だからだろうか、その夜、懐かしい夢を見たのは。

ある暑い夏の日、中学生の私はピアノ教室にいた。

親の趣味に付き合って、嫌々習っていたあのころ。練習にもあまり身が入らず、先生には『ちゃんと練習して来なさい』と怒られてばかりいた。

「わかりました、次週は頑張ります」

と、その場限りの返事をして冷房の効いた部屋を出る。ミンミンと喧《やかま》しく鳴くセミの声が耳に入るとともに、むわっとした空気が顔をなでていく。

そのピアノ教室は、建物のフロア一階に三部屋のレッスン室を構えていた。入れ替えを含め、ひとり当たり四十分が持ち時間。レッスンが終われば速《すみ》やかに部屋を出て、次の生徒が入室する仕組みになっている。

解放感に浸《ひた》りつつ、帰ったらアイスを食べようとか、買っておいた漫画を読もうとか——ささやかな計画を立てながら、待合室代わりに使われているロビーのほうへ歩いていく。

と、ロビーの中心に置いてある円形のソファから、誰かが立ち上がるのが見えた。

——「名波《ななみ》くんだ！」と心のなかで小さく叫ぶ。

名波彰悟《しょうご》。彼はこの教室ではとりわけ有名人だった。

やや色素の薄い、柔らかそうで艶《つや》のある髪に、くっきりとした二重《ふたえ》。スッと通った鼻筋に引き締まった口元の、整った顔立ち。

付近の名門私立中学校の制服を身に纏《まと》い、しゃんと背を伸ばすその様子は、まるでおとぎ話に出てくる王子様みたいだった。

私と彼が、すれ違う。

窓の外のセミがひときわ高く、長く鳴いた。

立ち止まって振り返った私は、その背をぼんやりと見つめる。

年ごろの女の子であれば、誰だって彼に惹《ひ》かれるだろう。

実際、ピアノ教室の生徒が集まると、名波くんの周りにはいつもたくさんの女の子がいた。みんな、彼に対して憧れという名の恋心を抱く女子だ。

でも、彼がこの教室で有名だったのは、その目を惹《ひ》く容姿だけが理由ではない。

名波くんがレッスン室に入ると、私はエントランスではなく彼が座っていたソファへと歩んでいき、そこに腰かける。そして、普段であれば練習時以外には眺めることのない、現在習っている楽譜を取り出して、指の運びを確認したりする。

ほどなくして、レッスン室から美しい旋律《せんりつ》が聴こえてきた。

清らかな水が勢いよく、けれどもなめらかに流れ出ていくようなメロディに、そっと目を閉じて聴き入る。

毎週水曜日、彼とレッスンが前後である私は、帰りがけによくこの曲を耳にする。

ピアノに興味の薄い私は、当然、楽曲に対しても明るくなかった。けれど先生に初めて好奇心を持って訊《たず》ねたのが、この曲のタイトルだ。

「いつも名波くんが最初に弾いている曲？　ショパンの、黒鍵《こっけん》の練習曲《エチュード》よ」

タイトルを聞いておどろいた。練習曲《エチュード》とは思えない、複雑な楽曲に思えたからだ。

何でも、名波くんはレッスンに入る前、この曲を弾いてウォーミングアップをするらしい。

指の運びの正確さが問われる曲であるのは、聴いただけでも明らかだった。私が弾いたら息切れするほど疲れてしまうレベルの曲なのに、これが準備運動だとは恐ろしい。

だけど、それもそのはず。彼はそんじょそこらの中学生とはまるで違うのだ。小学生のころからピアノコンクールでいくつも賞を取っているという、そのジャンルでの有名人。

我らが教室の期待の星と呼ばれている。そのため、先生の指導も特別熱心だった。私が密かに「天才ピアノ王子」なんてあだ名をつけているのは内緒だ。まぁ、学校の違う彼とは会話をする間柄でもないし、その名前で呼ぶことはないのだけれど。

私は天才ピアノ王子の軽やかな演奏を聴き終えると、心のなかで拍手をして、ソファから立ち上がった。

――ところで、目が覚めた。

「んっ……」

ベッドの上で仰向《あおむ》けの身体。胸の前で合わせた両手は、ちょうど拍手のようなポーズになっている。その手を解《ほど》いて、私は前髪をくしゃりとかきまぜた。

――夢か。しかも、何て懐かしい、中学時代の夢。

上体を起こした私は、まだ眠い目を擦《こす》りつつ、枕もとに置いたスマホのアラームを解除した。そしてベッドから床に下りる。

ローテーブルの上のリモコンに手を伸ばし、テレビの電源を入れた。

朝から爽《さわ》やかな笑顔を振りまきながら、今朝のトップニュースを読み上げる女子アナの声をBGMに、のろのろと朝の支度をはじめる。

ワンルームの見慣れた部屋は、今の会社に入ってからの長い付き合いだ。

七畳のスペースには、ベッドとローテーブル、ソファ代わりのクッション。背の低い本棚とチェストがくっついた収納ケース、冷蔵庫に電子レンジ。狭い部屋のなかに詰められるだけ詰めているけれど、普通の建物よりも天井がすこし高いせいか、それほど圧迫感はない。

家具や部屋の雰囲気は、赤とかサーモンピンクとか白とか、女性らしい色合いで纏《まと》めている。形も、柔らかさを感じさせる曲線を多用しているものがほとんどだ。

シンクのとなりに位置する扉から、バスルームに移動する。

実家は一軒家だったから、バス・トイレ・洗面所が一緒になっている三点ユニットに慣れるまではすこし時間がかかった。というか今時三点ユニットって……とも思うのだけど、ワンルームの物件だとまだまだ多く、さほど珍しくはないらしい。

トイレとお風呂が同じ空間というのが、最初は馴染《なじ》めなかったけれど、住めば都とはよく言ったものだ。ひとり暮らしもひと月すぎるころには、気にならなくなっていた。むしろ、部屋がわかれていると掃除の手間がかかるからかえってよかったかも、なんて思えるくらいで。

冷たい水で顔を洗い頭を覚醒《かくせい》させながら、どうして天才ピアノ王子の夢を見たんだろう、と考える。

そして、その理由にすぐに思い当たった。昨日の帰宅前に、彼のことをうっすらと思い出したからだ。

好きな人、素敵だなって思う人——そんなキーワードから連想した、中学生のころの天才ピアノ王子。みんなの憧れの的。

「本当、私ってヤバいかも……」

いったい当時から何年経っただろう。頭のなかで計算してみる。……十四、五年は経過しているはずだ。

そんな昔じゃないと該当者がいないなんて！

どんよりと気分が落ちこむ。もっとほら、高校時代とか大学時代とか、キラキラした思い出がありそうなものでしょ⁉　と自分に問いかけるも、何も浮かんでこない。ということは、やはりうっすら付き合っていた相手とは、その程度のものだったのだろう。なりゆきで付き合いはじめて、なりゆきで音信不通になったりした、薄っぺらい関係だった、という。

それに比べて、天才ピアノ王子とは直接の交流はほぼなかったものの、私にとって彼の存在はかなりインパクトがあった。

そうは言っても、告白をした、とかそういうことは何もない。結局、意欲不足がＭＡ

Xに達した私は、あのあとピアノ教室を辞めることとなり、それっきり彼を見かける機会もなくなった。

「名波くん、元気かな……」

フェイスタオルで顔に滴《したた》る水分を拭《ぬぐ》いながら、誰に言うでもなく呟《つぶや》く。くぐもった声が、水分を含んだタオルの繊維《せんい》の隙間に吸いこまれた。

大人になった今もピアノを続けているのだろうか。それとも、進学や就職を機にキッパリと止めた?

もしそうならもったいないようにも思うけれど、彼には王子様のような美貌《びぼう》というもうひとつの強みがある。

ピアノから離れたとしても、あのずば抜けて美しい容姿を、他人は放っておかないだろう。

案外、モデルとか俳優とかになってたりして。その線も十分にあり得る。

おそらくもう二度と会うことのない彼の現在を想像しつつ、洗面台で手早くメイクをすませると、会社へ持っていくお弁当作りをはじめた。

時間がないときはコンビニで買ったり、近くの定食屋さんですませたりなんてこともあるけれど、基本的には毎日自分で用意して、持って行っている。

普段の中身は、半分は前日の残り物だ。が、昨夜は飲み会だったために、その手が使えない。

フライパンでたまご焼きを作る。冷凍庫から小分けに保存していたほうれん草を取り出し、スライスベーコンと合わせてソテーした。並行して、レンジでこれまた小分け保存していたご飯と、お弁当用のミニグラタンを解凍する。

二段式のお弁当箱の下段にご飯を、上段におかず三品をそれぞれ詰める。彩《いろど》りが足りなく思えたので、隙間にミニトマトを入れこんだ。

蓋をあけたまま粗熱《あらねつ》をとっている間に、朝食にする。

お弁当箱に入りきらなかったたまご焼きとほうれん草のソテー、それとお茶碗一杯分のごはんを食べながら、テレビでニュースの続きをチェックした。

すでに政治や経済の情報は終わり、今は芸能コーナーだ。

ふうん、イケメン俳優と、人気女性アイドルグループのメンバーが結婚、か。

派手な色味で強調されたテロップの文字を横目に立ち上がり、冷蔵庫からアイスコーヒーのペットボトルを取り出して、白無地のマグカップに注ぐ。

砂糖の甘みのまったくないコーヒーを喉奥に流しこみつつ、朝食の前に座り直すと、今度は二時間ドラマの宣伝だ。タイトルと内容を見る限り、青春ラブコメらしい。

「はぁ……」

右を向いても左を向いても、恋愛、恋愛。

どうして世の中ってやつは、他人に恋をさせたがるのだろう。

そっちがその気なら、できる限り抗《あらが》ってやろうか——なんてささくれた気分になる。

そんなに恋愛させたければ、名波くんくらい魅力的な男を私の前に連れて来いっていうのよ。

苛立ちながら食事を終わらせ、もう一度テレビに視線を向けた。

テレビのなかでは、お天気お姉さんが「夕方から雨です」と伝えている。

——いけない、折り畳《たた》み傘を持って行かなきゃ。

私は通勤用のバッグに折り畳《たた》み傘とお弁当をしまうと、着替えなどの支度をすませ、家を出た。

■□■

「瀧川、ちょっと」

お昼休み。自分のデスクでお弁当を広げようとしていたとき、部長が私を呼んだ。

「はい」

返事をすると、部長は視線で「こちらに来なさい」というような指示をした。

何だろうか。取り出したお弁当箱はそのままに、彼に着いていく。

フロアの最奥に位置する部長のデスクの前に辿《たど》り着くと、そこには戸塚の姿もあった。おそらく、私と同じように呼ばれたのだろう。

「瀧川、元気～？」

「何でしょう、部長」

私を見るなりフルスマイルで話しかけてくる戸塚を無視し、身体ごと部長を向いた。

運営管理部の笹崎《ささざき》部長は四十代半ばで、優しく穏やかな愛妻家だ。部下に対する面倒見もよく、部長クラスにしては圧迫感の少ない上司といえる。だから、他の上司の面々に比べて話しかけやすく、あまり距離を感じない。そのとっつきやすさが、私たち部下の心をガッチリと掴んでいる。

私は、やけに機嫌のよさそうな部長を見上げた。

「昨日の真辺さんの話、本当によかったよねえ」

「あ、はい」

理穂ちゃんの話――ああ、結婚報告のことか。頷《うなず》くと、部長は同じ笑顔のまま深い相槌《あいづち》を打つ。

「そうだよねえ、おめでたいよねえ。いや、結婚っていいものだよ、愛する人が傍《そば》に居る生活って、張り合いがあるし、癒《い》やされるものなんだよ。真辺くんの幸せそうな顔、見ただろう？」

「はぁ……」

確かに理穂ちゃんは幸せそうだったけれど……それと私と、どんな関係があるのだろうか？

話していくうちにどんどん高くなっていく部長のテンションに圧倒されつつ、とりあえず頷《うなず》きを返してみる。

「失礼だけど、瀧川は結婚の予定は――」

「ないです」

部長がみなまで言い終わらないうちに、遮《さえぎ》って答えた。

こういうのは変に会話を長引かせないために、ハッキリ答えてしまうに限る。

「そ、そうか……じゃあ、彼氏は――」

「いません」

先ほどと同じように答えてみせる。

よくあるパターンだ。

『いい歳だし、そろそろ結婚は考えてないの？』

『せめて彼氏くらいはいるんでしょう？』

……聞き飽きてウンザリするレベルの。

部長は何も、私を異端者扱いしようと思ってこんな質問を浴びせかけているわけではない。

彼の温厚な性格を考えると、おそらくは純粋に心配してくれているだけだろう。それはわかっている。

でもまあ、私にちっともそのつもりがないことが伝われば、すんなりと引き下がるだろうことも予想がつく。

本人にその予定と意思が感じられないことに気付くと、大抵は気まずくなって顔を背《そむ》けるものだ。

――そう思ったのに、部長は私の答えを聞き届けると、「そうか」なんて嬉しそうに頷《うなず》いて、スーツのポケットから白い長封筒を取り出した。

「何です、それ？」

「映画のチケットだよ、二枚入ってる」

開けてみなさいと言わんばかりに、部長がそれを差し出して来たので、受け取ってなかを確認してみる。

確かに映画の前売りチケットが二枚入っていた。それも、いかにも若い女性が好きそうな、男女の純愛をテーマにした『ラブリー・ストレンジャー』という邦画だ。最近、よくCMや駅前のポスターなどで宣伝しているのでその映画の存在は知っている。

恋愛ものという時点であまりそそられなかったために、具体的なストーリーはよく知らないけれど、確かカッコいい男性に片想いし、それが実っていくようなものだったはず。

「観に行かないか？　これを」

「は？」

突然の問いかけにぽかんとしてしまう。

「えっ、その、部長とですか？」

それはさすがに、問題があるんじゃ……？

部長には愛する奥様がいるのに、二人きりで恋愛映画なんて観に行けるはずがない。

「いやいや、僕じゃないよ」

両手を大きく振って、否定する部長。そして。

「――戸塚と行ってきなさい」

なんて言いながら、私と部長のやりとりを聞いていた彼を示した。

「いや、前々から瀧川と戸塚は合うんじゃないかと思っていたんだよ。聞けば、戸塚も今付き合っている女性はいないらしいし、ちょうどいいじゃないか。どうだ、ここはひとつデートしてみるっていうのも――」

「いやいやいやいや」

どうして、と言いたげな私の表情を読み取ったらしい。流暢《りゅうちょう》に説明しはじめる部長に、私はストップをかけた。

「冗談じゃないですよ、戸塚とデートだなんて……彼はただの同僚、いやそれ以下ですから！」

入社の時期も同じで付き合いは長いけれど、戸塚のことを男として意識したことなんて、ただの一度もない。それどころか、好感を抱いたことだって皆無《かいむ》だ。

そんな男とデートしろなんて言われても、正直言って大迷惑だ。

「ただの同僚以下って！　瀧川、そりゃ酷《ひど》くない？」

さすがに本音を言いすぎただろうか。いや、でも事実だし――。戸塚は眉をハの字にして、四の五の言っている。

「本当のことだもの。っていうか、戸塚だってそんな気ないくせに」

「オレは大歓迎だよ？」

彼は、実にあっさりと了承してしまう。

「はっ？」

「映画だろ。それくらい、別にいーじゃん。部長がせっかくチケットを譲ってくれるとおっしゃってるんだから、ご厚意に甘えようぜ～」

「な、な、何言ってんの！」

思わぬ反応に、声がついつい震える。そして、手にした封筒をぎゅっと握りしめてしまった。

「瀧川、チケット」

「あっ」

戸塚に顎《あご》で示されたので、慌てて封筒についた皺《しわ》を伸ばす。

「――私と戸塚が映画？　休みの日に？　バカも休み休み言ってよ、あんたなんてただの同僚以下って、今言ったの聞こえなかったの？」

「聞こえたけど、それって瀧川の強がりだろ？」

「……強がり？」

「それだけ過剰に反応するなんて、実は瀧川もオレに気があるってことじゃなくて？」

「はぁっ!?」

この男、正気なんだろうか。勘違いも甚《はなは》だしい。

拒否反応をしめしていた私の感情に気付くどころか、あまつさえ、自分に気があるって？

唖然《あぜん》としている私を尻目に、部長が満足そうに頷《うなず》いた。

「戸塚、よく言った。それでこそ男だ」

そして、戸塚の肩にポンと手を乗せる。

それから部長は、おもむろに私のほうへと向き直った。

「瀧川。僕は君の男っ気のなさが心配なんだよ。君と同期入社の女の子、今いる子も含めて、みんな結婚してしまったろう」

「ぐっ……」

痛いところを突かれ、返す言葉がない。

「決まった相手がいないなら、戸塚もこう言ってることだし、お試し感覚で一度デートくらいしてみたらどうだ？　もしかしたら、運命の相手はここにいました――なんてことになるかもしれないぞ」

「オレ、別にお前のこと嫌いじゃないし。『戸塚くんが好き〜、付き合って〜』って思ってるなら素直にそう言えよ。願いを叶えてやらないこともないぜ」

「明日は土曜日で会社は休みだ。鉄は熱いうちに打てというし、早速明日、行ってきなさい」

「瀧川って最寄り駅どこだったっけ？　それとも、会社の近くにする？」

「ちょ、ちょっと待ってってって！」

テンポのいいコメディを見ているかのように、畳《たた》みかけてくるふたり。

私の意見など汲《く》まれずどんどん「デート」の詳細《しょうさい》が決まっていってしまうことが怖くて、制止をかけてみるが、

「何だ瀧川、何か不都合でもあるのか？」

「不都合なわけないよなー?、お前、土日はいつも暇なんだろ? 忙しいなんて嘘は通用しないぞ」

とか、間髪《かんはつ》容《い》れずに指摘される。

いくら暇だとしても！ 戸塚とデートだなんて死んでも嫌だっ!! 私のプライドにかかわる！

「そういうわけで、明日は戸塚と楽しんで来なさい」

「詳しいことはスマホに連絡するから。くれぐれもドタキャンだけは止《や》めろよ、大人として」

「あっ……あ」

反論するタイミングを失ったまま――いや、むしろ私に反論をさせないつもりで、部長は別の社員のデスクへ、戸塚は自分のデスクへとそれぞれ戻ろうとする。

「――私、か、彼氏いるんで！」

苦し紛れに吐いた言葉で、ふたりが動きを止めた。

そして、鳩《はと》が豆鉄砲を食らったような顔で、こちらを向く。

「瀧川、嘘はよくないぞ」

「さっき彼氏いないって言ってたじゃん。それに、今までそんな素振《そぶ》り見せたことないし」

部長と戸塚は、冗談だと思って苦笑している。

——その通り、彼氏がいるだなんて、まったくの嘘だ。

でもこうでもしなければデートの刑が執行されてしまうというなら、足掻《あが》くしかない！

「う、嘘じゃないっ！」

「ふーん、そ」

ちっとも納得してない様子で戸塚が頷《うなず》く。そして。

「本命がいるっていうなら、映画館にその彼氏とやらを連れて来いよ。そしたら信じてやってもいいけど……ま、ちゃんと連れて来られたらの話だけどね～」

「っ……！」

彼はそう挑発すると、部長に挨拶《あいさつ》をしてから席に戻ってしまった。

「瀧川、一回くらい戸塚に付き合ってあげてもいいんじゃないか？」

部長も、苦し紛れの嘘をつく私を不憫《ふびん》に思ったらしく、そう諭《さと》すように言ってから立ち去った。

ひとり残された私は、どこにもぶつけられない苛立ちで戦慄《わなな》く。

戸塚と映画デート？　それも、部長公認で？

——もうっ！　何でこんなことになっちゃったの!?

私は皺《しわ》のついた封筒を睨《にら》んでから、まだ手をつけていないお弁当の待つ自分のデスクへと戻った。

■□■

仕事終わりの夕刻。私は昨日に引き続き、あの公園に向かっていた。

『映画だろ。それくらい、別にいーじゃん』

『オレ、別にお前のこと嫌いじゃないし。「戸塚くんが好き～、付き合って～」って思ってるなら素直にそう言えよ。願いを叶えてやらないこともないぜ』

戸塚に言われた台詞《せりふ》が渦《うず》のようにぐるぐると回って、午後の仕事はまるで手につかなかった。

恋愛モードが思いっきりオフだった私なのに、いきなりデート。しかも相手は、よりによって完全に対象外なあの戸塚。

「どうしてこんなことに……」

歩きながら、心からの叫びがこぼれてしまう。本当、何でこんなことになっちゃったんだろう。

「行きたくないなぁ……」

再びもれてしまう本音。戸塚と恋愛映画を観に行くなんて、あり得ない。

大体、戸塚のことなんてまったく好きじゃない。特に異性としてということであれば、できればお近づきになりたくないレベルと言っていい。

というのも、彼はチャライし馴れ馴れしいし騒がしい上、あの通り、妙に自分に自信を持っている勘違い男だ。私は彼のそういう部分に、入社当時からイライラしっぱなしだった。

後輩の女子社員からも、一応先輩ということもありそれなりに気遣われているように見えるけれど、よくよく聞いてみると『戸塚先輩ってテンション変じゃない？』とか『絶対自分がカッコいいと思ってるよね』など、評価は散々だ。

容姿は特別悪いわけではない。黒い短髪に、ほどよく日に焼けた健康的な肌。芸能人に似てるとかそういう華やかなイメージではないものの、どこにでもいそうなお兄さんといった風。

だけど、問題は彼の持つ雰囲気というか、『オレモテてる！』的なオーラだ。それがすべてを台無しにしているといっても過言ではない。

そんな戸塚と一緒にいたところで、ちっとも心が動かない。ドキドキしない。男の人だと思えない。

どうせデートするなら、好きな人がいい。もっとも、今好きな人なんていないわけだけど、それならせめて自分が男性として魅力を感じる人としたいものだ。

こんなとき、ふっと頭を過《よぎ》るのはやっぱりあの人――名波くんだった。

あーあ。会えないのはわかっているけど、急に彼みたいな人が現れたりはしないだろうか。

こんな状態だからこそ、断言できる。名波くんみたいな男性と出会うことができたら、恋愛に対して前向きになれるのに。

……いやいや、そんな素敵な男性が現れたところで、私なんかを相手にするわけがない。夢ばっかり見てないで、現実的なところから考えよう。

戸塚とのデートを回避したい。でも、それには口から出まかせに言った彼氏を連れていかないことには無理だろう。

あぁ、どうしても嫌だったとはいえ、どうしてあんな嘘ついちゃったかな。

彼氏役を頼めそうな男友達なんていないし、こんな不名誉な事情を話すのも気が進まない。うう、本当に私、どうしたら――

そのとき、鼻の頭にポツリと冷たいものが落ちた。

雨だ、と気付いたときには、コンクリートの地面の色を変える勢いで強く降りはじめている。

慌ててカバンのなかから折り畳《たた》み傘を取り出した。

紺地に白や黄色のドットが散ったデザインは、控えめだけれど可愛らしい印象だ。

本当は、自室のようにもっとピンク地に白とか、赤地に薄ピンクだとか、いかにも可愛くて女性らしいものが好きなのだけど、周囲から見た自分のイメージには合わない気がして、つい敬遠してしまう。

友達には、決めつけすぎだとか自意識過剰だとか言われるものの、なかなか自分の思うようには振る舞えないのだ。そういう性格も、直したいんだけどなぁ……

とにかく天気予報に従って傘を持ってきてよかった。

アメリもきっと、土管のトンネルのなかで雨粒から身を守っていることだろう。

それとも、こんな日はもっと平和な、あたたかい部屋に移動して、丸くなったりしているのだろうか。

会えたらラッキーくらいのつもりで、公園に行ってみた。すると、こんな激しい雨にもかかわらず、土管には先客がいた。

――誰だろう?

傘も差さないその人は、いつもの私のように土管の前にしゃがみ、内側を覗きこんでいる。

背格好を見るに、男性だ。黒っぽいTシャツに、ジーンズ、それに赤いスニーカーというシンプルでラフな装《よそお》いをしている。

薄暗い土管のなかからは、水分を含んで毛羽立った灰色の手がひょこっと覗いていた。見慣れた風景なのに、いつもはいない彼の存在によって、まるで違う場所を訪れたような気分になる。

……ここはいつも私がアメリと過ごしている公園、だよね？

確かめるように、一歩一歩、砂利《じゃり》を踏みしめて近づいていく。

すると、その男性も私に気付いたらしい。振り返り、土管のなかに向けていた視線をこちらに注ぐ。

「っ……」

目が合った瞬間、思わず息を呑んだ。

何てカッコいいの、この人。えっ、ていうか、これって現実？

しっかりした形のいい眉に、くっきりとした二重《ふたえ》の目、高い鼻梁《びりょう》。半月のような色っぽい弧を描いた唇に、逆三角形の小さな顔！

彼は、雨に濡れた前髪をかき上げながら、私を観察するみたいにじっと見た。

まさに、水も滴《したた》るいい男。いや、彼の場合、滴《したた》ろうがそうでなかろうが、どうあってもイケメンだろう。下手な芸能人なんかよりもよっぽど美形だ。

どういう事情で、幻かとも思えるレベルのイケメンが、この小さな公園に？

ここしばらく味わったことのない、胸がきゅうっと締めつけられるような感覚に襲われていると、彼が私を見つめたまま薄く微笑んだ。

その瞬間、何とも言えない懐かしい感覚を覚える。

……初めて会うはずなのに、どうしてだろう。不思議。

「こんなところで、何してんの」

イケメンは声までイケメンだ。すこし低めの、ぐっとくる声。こもった印象のない、聞き取りやすいトーンが好印象だった。

「えっ……あっ……」

私が考えていたことを、先に訊《き》かれてしまった。戸惑いですぐに返事ができない。

「しかも、こんな雨の日に」

——えっ。傘も差してないあなたに言われたくないのだけれど。

「ね、猫に会いに」

突っこみたくなる気持ちをこらえて、素直に答えた。緊張して、声が震える。

「へー」

私の返答に対してイケメンは、興味があるんだかないんだかわからない相槌《あいづち》を打った。

ちょうどそのとき、土管のなかから「にゃあ」と小さな鳴き声がした。

すこし姿勢を低くして、様子を窺《うかが》ってみる。すると、微《かす》かにだけど、暗がりのなかにキラリと光る眼が見えた。やはり、アメリだ。

「あんたの猫？」

続けて訊《たず》ねられたので、私は姿勢を元に戻し、首を横に振った。

彼が意外そうに眉を上げる。

「じゃ、自分の猫じゃないのにわざわざ会いに来てるわけか」

「そうだけど……。私のマンション、ペット禁止だから」

「ふーん」

イケメンの表情は、微笑みというよりも小馬鹿にしたような薄笑いに変わる。

「そんなに寂しいの？　人生」

……はい？

耳を疑った。この美しい顔から、そんな辛辣《しんらつ》な言葉が飛び出てくるなんて。

「だってそうだろ。金曜の夜だってのに、飼ってもいない猫に会いに来るなんて。よっぽど満たされてないんだなと思って」

まったく無防備だった後頭部を、バットでスコーンとかっ飛ばされた気分だった。

「な、なっ……」

「お、図星すぎて何も言えない感じ？　あんたみたいな人、よくいるんだよね。ぽっかり空いた心の隙間を、動物で埋めようってパターン」

「…………」

「でも人肌恋しさって、やっぱ人間同士でしか補えないもんだよ。残念だけど、さ」

頭のなかで、何かがブチっと切れる音がした。

我慢の限界。何なの、こいつっ！　失礼にもほどがあるんですけどっ!?

「——いいかげんにしてよっ。黙って聞いてれば勝手に決めつけてくれちゃって！」

私は怒りのままに、声を荒《あら》らげて噛みついた。

「さ、寂しいとか、満たされてないとか、そんなのあなたの勝手な想像でしょ！」

イケメンだからって、悪《あ》しざまな態度が許されるわけじゃないはずだ。

そもそも初対面の人間に、どうしてそんな言われ方をされなきゃいけないの!?

「想像？　じゃ、あんたは寂しくもないし、満たされてるわけだ。リア充ってヤツ？」

「え」

「ならそんなムキになることなくない？」

思ってもいなかった返しに、虚《きょ》を衝《つ》かれた思いだった。

憎らしいイケメンは、ふてぶてしいくらいのにこやかな笑みを浮かべている。

「猫相手に仕事や私生活の愚痴《ぐち》なんか吐いたりすること、ないんだろ？　こんな雨にもかかわらずフラッとここに立ち寄ったのは、ただの気まぐれってことだよな。そんなリア充なら、俺が言ったこと気にもならないよな」

「っ……」

今度は、のぼせ上がったみたいに顔が熱くなるのを感じた。

この人、私が普段そうしてるのをわかってて、あえて言ってるの？

「何でっ……」

「ん？」

恥ずかしさで眩暈《めまい》すら感じつつ、やっとのことで訊《たず》ねる。

「何で知ってるのっ……？　だ、誰にも話したことないのにっ……」

この公園に通っていることは、他の誰にも打ち明けていない。

猫に生活の愚痴《ぐち》をこぼしながら癒《い》やされている――なんてことは、他人にはあまり知られたくないし、この目の前のいけ好かないイケメン風に言えば、周囲から「そんなに寂しいの？　人生」と思われかねない。

そんなトップシークレットを易々《やすやす》と言い当てられてしまったことが恥ずかしいやら情けないやらで、私の声は雨音にかき消される程度のか細いものになっていた。

イケメンは一瞬きょとんとした顔をしてから、ぷっと噴き出した。

「な、何がおかしいのよっ」

「いや、別に。やっぱり図星だからそんなムキになってんだと思って」

「っ……！」

結果的に、自分が寂しくて満たされてない人間であると認める形になってしまった。

「別にいいでしょっ、放っておいてよ。あなたに迷惑かけてるわけじゃないんだし、誰でもいいから聞いてほしいって思うことだってあるのよっ……い、言わせないでよ、こんなことっ」

彼氏や、ごく近しい気心の知れた親友がすぐ傍《そば》にいたなら、そういう人たちに聞いてもらうこともできるのかもしれない。

……でもいないんだから、しょうがないじゃない。私の場合は、アメリに受け止めてもらうしかないの！

私は半ば開き直って喚《わめ》いた。

そして視線を下げて、小さな水たまりができはじめている砂利《じゃり》の地面を恨みがましく睨《にら》む。

「――誰でもいいなら、聞いてやろうか」

ビックリして思わず顔を上げた。

聞こえてきたのは、またも予想外の台詞《せりふ》。しかも、今回は先ほどと違い、いい意味での。

何かの悪意が隠れているのではないかと彼の表情を観察するけれど、さっきのようなニヤニヤ笑いはなく、不快な感じもしなかった。

でも、そう言いだした彼の意図がわからない。返事をしかねている私に、彼が言葉を重ねる。

「俺が、あんたの愚痴《ぐち》を聞いてやるって言ってる」

「どうしてあなたが」

「たまたまここで会ったからっていうんじゃ、理由にならない？」

「な、ならないでしょ。そんなの……悪いって思うもん。その、あなたに」

「どうして？」

「誰だって、他人の愚痴《ぐち》なんて聞きたくないじゃない。そりゃ、仲良い人ならアリかもしれないけど、そうじゃなければ負担になるだけだし」

さっきまであれだけバカにしていたくせに——とも思いつつ、かといって親切にされるのも気が引ける。

「遠慮してんの？」

「そりゃ、まあそれなりに」

いかに失礼な相手とはいえ、たった今出会ったばかりの人。そんな彼に愚痴《ぐち》聞き役を押しつけるのはあまりに酷《ひど》いと思う。それに、私だってどこの誰とも知らない男性に、自分の悩みをオープンにするのは勇気が要る。

それでも、イケメンは引かなかった。彼は、土管を椅子代わりに腰を下ろす。

「猫より人間相手のほうが、話した気になるだろ。いいから、話してみろって。誰でもいいから聞いてほしいと思うくらいの、理不尽な出来事があったんなら」

「…………」

このまま口を閉ざし、その場を去ることもできる。

冷静に考えれば、ずぶ濡れで猫を構っていた彼は不審極まりないし、無礼な物言いも頭にきて仕方がない。

だけど、どういうわけか――私は、この場に留まり、思うところを吐き出すほうを選んでしまった。

多分、戸塚とのことが、本当に私を悩ませていたのだろう。

上司と同僚に言いくるめられ、明日、無理やりデートさせられそうになっていること。

その同僚は恋愛対象外で、どうしても前向きになれないこと。

同僚にデートを諦めさせるには、出まかせに口にしてしまった「彼氏」を連れていかなければならないこと。

今現在、特定のパートナーを望んでいないこと、などなど。

私は時折、傘の柄《え》を握る手に力をこめながら、ここぞとばかりに吐き出した。

その間、雨はすこし弱くなったり、逆に強くなったりもした。にもかかわらず彼は、じっと私の話に耳を傾けてくれる。ただ公園で偶然出会っただけの、知らない女のとりとめのない話を。

「……聞いてもらっただけでも、だいぶスッキリした」

本当だった。周囲の景色とは対照的に、心のなかの雷雨はすっかりおさまり、日の光すら差してきそうな気配さえ感じる。

「あと……ごめんなさい。これ、今さらだけど」

言いながら、差している傘をイケメンの前に出した。

ストレスを吐き出しだいぶ落ち着いてきたら、雨宿りもせずに耳を傾けてくれるイケメンに申し訳なくなったのだ。

「本当に今さらだな」

イケメンのほうも、「なぜ今？」とでも言いたげに、喉を鳴らして笑った。

面目《めんぼく》ない。自分のことしか考えていなかった。

「でももう全身ずぶ濡れだし、気にすることない」

「気にします。その、風邪引いちゃう」

「だとしても、あんたのせいじゃないし」

彼は私を責めるような節は微塵《みじん》も出さず、もはやシャワーでも浴びていたのではと思うくらいの前髪をかき上げながら首を横に振った。それどころか、

「濡れないように、ちゃんと差しておきな」

と、私の傘を押し返すような仕草をする。

「でも、やっぱり悪いですって」

「平気」

「そう言わずに――」

私のせいで濡れっぱなしだったっていうのに。そのまま自分だけ平然と雨を避けるなんてできなかった。半ば強引にイケメンへ傘を押しつけようとしていると、肩に提《さ》げていたトートバッグがずり落ちてしまう。

「あっ」

雨に砂利《じゃり》。こんな状況で荷物をぶちまけようものなら最悪だ。

しかし幸いにも、中身をいくつか落としただけですんだ。

「ほら――こんなことしてると汚れるぞ」

やれやれという風に肩を竦《すく》めると彼は立ち上がって、落ちていたボールペンを拾ってくれる。

「…………」

「あの？」

彼は拾ったボールペンをじっと見つめていた。

その行動を不審に思い私が訊《たず》ねると、彼は「いや」と首を横に振った。

「俺はいいから、自分は濡れないようにして」

ボールペンを「はい」と言いながら突き返してくる彼。

「……じゃあ、お言葉に甘えて」

私は彼に譲ろうとしていた傘を、自分のほうに引き寄せた。そして、ボールペンをバッグにしまってから小さく頭を下げる。

「気にしないでいいって。それより――」

彼はひらりと手を振って、ここからが本題だとばかりに声の調子を変えた。

「あんたの目下《もっか》の悩みってのは、好きでもない同僚の男とデートさせられそうになってる――ってことだろ？」

私は頷《うなず》いた。

「それを解決するいい方法がある」

「えっ」

「教えてやろうか？」

にっこりと邪気のない笑みを浮かべて、訊《たず》ねてくるイケメン。

「ぜひ！　教えて！」

私は一瞬も迷うことなく、そう言っていた。

明日のデートを回避できる方法があるなら、ぜひとも知りたい！

すると彼は、その笑みのまま続けた。

「俺をあんたの彼氏ってことにするんだ。それで明日、その同僚とやらに紹介する」

「……？」

「そいつはあんたに言ったんだよな？　『彼氏がいるなら連れて来い』って。だから実際に目の前に現れて、デートをやめさせる。どうだ、いい案だろ？」

……え、ちょっと言ってることがよくわからない。

初めて会った、名前も知らない目の前の彼を、彼氏として紹介する？

「えっと……それはつまり、あなたに恋人のふりをしてもらうってこと？」

「そう」

イケメンは再び土管に腰を下ろして、大きく頷《うなず》く。

「そ、それはさすがに……」

「何か問題ある？」

「というか……」

むしろ問題しかない。私は困惑しながら答えた。

そりゃあ、これだけカッコいい人が「彼氏です」なんて出てきたら、たいていの男は戦意喪失して逃げ出すんだろうけど……

「これは私の問題で、そこにあなたを巻きこむのって抵抗あるし」

目の前のこの奇特なイケメンは、見も知らぬ私の愚痴《ぐち》を雨に打たれながら辛抱強く聞いてくれた。

それだけでも希有《けう》な話だというのに、さらには彼氏のふりをして戸塚とのデートを回避する手伝いをしてくれるなんて。

そんな、私だけ得をするようなことがあっていいのだろうか？

「その代わりと言ってはなんだけど、俺のお願い、ひとつ聞いてくれる？」

「お願い？」

「俺、今夜泊まる場所なくなったんだ。だから、一晩泊めてよ。あんたの家に」

「は⁉」

もしかしたら、部長に戸塚との約束を取りつけられたときよりもおどろいたかもしれない。

「そ……それはマズいでしょ」

「どうして」

「だって私、ひとり暮らしだし」

私としては、これが断りを入れる一番正当な理由だと、いっそドヤ顔になる勢いで自信を持って言ったつもりだった。それなのに——

「なおさら都合いいじゃん。同居人がいないなら、誰に気兼ねすることもないんだし」

イケメンは私の意図をまったく理解せず、むしろ好都合とばかりに白い歯を見せて笑う。

この反応には絶句するしかなかった。

いやいや、ダメでしょう。いい歳した男女、それもたった今会ったばかりのふたりが、一晩限りとはいえひとつ屋根の下？

「無理。無理無理無理。そういうの、絶対無理」

私は早口に言って、高速で首を横に振る。

「いや、そりゃ、こうして愚痴《ぐち》に付き合ってもらったりして、あなたにはすごく感謝しているけど、だからって家に泊めるっていうのは、いくらなんでも非常識すぎる」

「そう？」

「『そう？』って、あのねぇ……」

初対面。男。そのふたつのワードだけで、家に招くゲストの条件としては完全にアウトだ。説明の必要なんてない。

わざわざそんなことを解説しなきゃならないのかと思うと、むしろ怒りがこみ上げてきた。

「知らない男を泊められるわけないでしょ。普通に考えて」

私が安易に男を家に招き入れそうなタイプに見えた？　だから、相手にそう言わせてしまったとでもいうのだろうか？

だとしたら心外だ。

「私の愚痴《ぐち》を聞いたのも、それが目的？」

もともとこのイケメンが、よからぬことを考えていたのだとしたら。

最初から、女性とそんな風に関係を持つのが目的で、私に近づいてきたのだとしたら――そういう説もあり得るような気がした。だけど彼はとんでもないとばかりに目を瞠《みは》る。

「俺ってそんな感じに見えてんの？」

「見えるも何も、泊まりたいなんて言われたらそう思われるんじゃない？」

「生憎《あいにく》だけど、女には一切困ってないから。そんな下心ないよ」

「……」

一切、と言い切れるのがすごい。まぁでも、冷静に考えればそうかもしれない。なにせこの恵まれた容姿だ。

女の子のほうからいくらでも寄ってくるだろう。

自分で言うのも悲しいけど、私は目を惹《ひ》いて可愛いとか、美人とか、そういうタイプではなかった。とすれば、そっちの心配は必要ないのかもしれない。

「あんたにとっても悪い話じゃないと思うんだけど」

私が考えこんだことに気付いたのか、イケメンが語気を強める。

「いいか。さっきあんたは、しばらくパートナーはいらない、って話してたよな。でも——」

彼はまじまじと私の顔を見つめながら続ける。

「パッと見、アラサーってところのあんたの周囲には、必ずあんたの男関係を気にするおせっかいな輩《やから》が存在する。ソイツらは決して悪いヤツじゃないが、男の影が見えなければ心配し、かといって短いスパンで男を変えても心配する。思い当たるだろ」

「……まあ、確かに」

部長、両親、結婚した友達——

すぐに思い浮かぶだけでこれだけいるのだから、彼の言っていることは間違いない。

「そういう人間には、今とりたててパートナーを欲していないという話をしたところで、なかなか理解も納得もされない」

「……うん」

「欲しいのにできない、という風に解釈されるからだ」

悔しいけれどその通りだ。——私にも経験がある。いくら本当に欲していないと訴えても、相手はそうは捉えない。

やせ我慢をしていると思われてしまうのだ。不本意にも。

「ところがヤツらは意外と単純で、おせっかいを焼いていた相手に、彼氏の存在を確認した途端に安心する。そして、一度安心してしまったら、これまでのようにはしつこく詮索《せんさく》してこない」

つまり――とイケメンは軽く人差し指を立てて、さらに続けた。

「あんたを取り巻く人間に、もう特定の誰かがいますってことを知らしめてやれば、今後そういう話題に振り回されることもなくなる。明日デートするとかいう同僚に報告するだけで、少なくとも社内のかかわりある人間には何となく知られるようになるだろ」

「……そんなに上手くいくかな」

「人の噂は勢いよく流れていくものだからな。恋愛に関しては、どういうわけかことさら広まりやすいようにできてる」

「なるほど……」

確かに、あまり社内でも絡みのない人の恋愛事情を、人づてに聞くっていうのはよくある。

偽彼氏を紹介して、相手がいますってアピールするのは悪くないのかもしれない。

いや、でも、待てよ――

「あなたに協力してもらうことのメリットはわかった。でも、だからって家にあなたを泊めるっていうのはちょっと」

危ない危ない。このイケメン、妙に説得力があるものだから、ついＹＥＳと言いそうになってしまったけれど。今までの話と私の自宅に一晩泊まるって話は、別問題だ。善人か悪人かも判断つかない彼を泊めるのは、やっぱり危険だ。何か被害に遭ったあとに後悔しても遅いのだし。

「何、俺のこと、信用できない？」

「逆に、信用できると思う？」

たった今会ったばかりの相手を家に連れて帰れるほど、私はお人好しじゃない。いや、そもそも、そんなの私に限ったことじゃないだろう。世の女性は概《おおむ》ねそうであるはずだ。

「はは、そりゃそうだ」

自分で訊《たず》ねたくせに、彼はおかしそうに笑っている。

ということは、非常識な提案をしているという自覚はあるのだ。

「わかってるなら、どうしてそんなこと」

怒るというより、もはや呆れる。

「あんたに困った事情があるように、俺にも困った事情があるの」

「はぁ？」

「あんたを助けてやるかわりに、俺の頼みも聞いてよってこと」

「……答えになってないんですけど」

何だそれ。適当な返事してくれちゃって。

「にゃあ」

この無茶苦茶なイケメンにどう答えたものかと困惑していると、土管のトンネルから顔を出したアメリがひと鳴きした。

雨の滴《しずく》が顔にかかったからだろうか、ぶるりと頭を振る。

「アメリ」

私が名前を呼ぶと、彼女は「ん？」という顔をして、緑色の瞳でこちらを見つめた。

彼女の視線に合わせて、その場にしゃがみこむ。

「あんたがつけたの、名前？」

イケメンは腰掛けていた土管から立ち上がりトンネルの入り口に回りこむと、私と同じようにその場にしゃがんだ。

「そう」

「自分の猫じゃないのに？」

「多分、どこかの飼い猫だとは思うけど、愛着湧いちゃって」

「名前の由来《ゆらい》は？」

「アメリカンショートヘアに似てるから」

「ふーん。ずいぶん安直だな」

自分ではまあまあなセンスだと思っていたものを、否定されるとイラッとする。たとえそう感じたとしても、口に出さなくていいのに。

「お前の名前、アメリっていうのか」

「にゃあ」

それでもイケメンは、私が勝手につけた名前で彼女を呼んだ。

返事をするみたいにアメリが鳴く。それを聞いたイケメンがトンネルのなかに手を伸ばし、アメリの白い顎《あご》先をちょいちょいと人差し指でなでつけた。

「いつの間に手なずけたの」

「ついさっき」

トンネルのなかからは、ゴロゴロと機嫌よさそうな喉音が聞こえてきた。

おどろいた。私がアメリと打《う》ち解《と》けるには、半年もかかったっていうのに！

このイケメンは、たった一度この場所を通りかかっただけで、アメリの警戒心を解《と》いてなつかせてしまったというのか。

「私、すごく時間かかったのに」

「昔から動物には好かれるんだよ」

「何だか負けた気分」

すっかり気を許し、夢見心地とばかりに目を細めるアメリを見て、思う。

――いったい何者なのだろう、この人は。

私のなかで、急速に彼に対する好奇心が膨らんでいった。

「そろそろ、俺を連れていく気になった？」

「ま、まさか」

イケメンがアメリを構いつつ私のほうを向いたので、立ち上がって首を横に振る。

そこまでは考えなかったけれど、彼に強い興味を抱きはじめていることがバレてしまったように感じ、思わず強めに否定した。

「こんなにズブ濡れの俺を置いていくつもり？　散々愚痴《ぐち》を聞いてやったのに」

「そ、それはっ……」

「あーあ、風邪引いて熱でも出たら大変だなー」

「う、うぐっ……」

さっきは平気だと言っていたくせに、そこを責めてくるのは卑怯《ひきょう》だ。というか、脅してるのと一緒じゃないか。

彼に対して申し訳ない気持ちは、確かに存在する。

動物がなつく人に悪い人はいないとか言うし、お世話になったし。これでこのまま別れて体調崩されたりしても後味悪いし。――それに。

猫を構う彼の横顔が、今朝夢で見た、あの天才ピアノ少年に重なる。

──ああ、そういうことか。

見覚えがある気がしたのは名波くんに似ているからなんだ、とようやく私のなかで合《が》点《てん》がいった。

正確に言うと、名波くんが成長して大人になったら、きっとこんな風になっているんだろうな、という想像図ではあるけれど。

出会い頭《がしら》のあの懐かしい感情の正体に気付いてしまった今、私はどうしても彼にネガティブなイメージを抱くことができなくなってしまっていた。

一晩だけならいいだろうか？　知らない男の人を泊めても。

いや、そんなの普通にダメでしょ。ダメに決まってる！

ふたつの異なる意見がせめぎ合い、頭がくらくらする。

自分でも自分の気持ちがよくわからない。彼を突き放したいのか、連れて帰りたいのか。

思考回路に異常をきたしたかのように、正常な判断がつかなくなってしまっている。

「ペット禁止のマンションでも、人間ならＯＫだろ」

イケメンはアメリの頭をひとなでしてから立ち上がると、私に向き直って言った。

……人間ならＯＫ。うん、そうだよね。間違ってない。

ああ、ダメだ。そんな名波くんに雰囲気の似た顔で言われたら──

「なら、猫の代わりに俺を拾って帰れよ」

「ひ、一晩だけ！」

私は弾かれたように答えた。

「……一晩だけ。そういう条件なら……っ、連れて帰ります」

「喜んで」

彼はニッと不敵な笑みを浮かべると、右手を差し出してきた。

何これ、契約成立の握手でもしようってことなのだろうか。

わけもわからぬままに、雨に濡れた指先に触れる。

——もしかしなくとも、私、今この瞬間、大変な決断をしてしまったんだよね……？

イケメンの手から伝わる冷え切った感触を、私はどこか他人事のように感じていたのだった。

3

しとしとと穏やかに降る雨音を聞きながら、部屋着の緩《ゆる》いワンピースに着替えた私は、ベランダに置いてある洗濯機のスタートボタンを押した。

洗濯ものは、もう十分すぎるほどに水分を吸った黒いTシャツとジーンズ、そして黒系ボーダーのタンクトップに、白地にシルバーのラインが入ったアンクルソックスとダークグレーのボクサーパンツだ。

当然、私のものではない。この服の持ち主は、窓ガラス一枚隔《へだ》てたワンルームのその先にあるバスルームで今、シャワーを浴びている最中だろう。

「……私、一体何してるんだろう」

ぐるぐると渦《うず》を描きはじめる水面に問いかけても、返事があるはずもない。

私は鉛《なまり》のような重い重いため息をついてから洗濯機の蓋を閉め、室内に戻った。

『……一晩だけ。そういう条件なら……っ、連れて帰ります』

そう答えてから、実際彼を家に連れ帰るまでは早かった。

まあ「寒くなってきたからシャワーを浴びたい」なんて言われたら、一刻も早く自宅に向かうより他はない。私のせいで本当に風邪を引かれたりしたら困る。

家に着くなり、彼はぐしょぐしょになったスニーカーを脱いで、バスルームの場所を問うてきた。そして、そこにひとり入ると、

「これ洗っといて」

とか言いながら、なかで脱いだ服を次々扉の外に置いた。まるで、一緒に住んでいる家族にそうするように、こなれた様子で。

それを私が拾い上げ、今、洗濯機に放りこんだというわけだ。

夜、しかもこんな雨の日に洗濯機を回したくはないけど、仕方がない。

幸いにしてこのマンションの一階にはランドリースペースがあり、そこに乾燥機が設置されている。洗い終わったらそこに持っていって乾かそう。

しかし――まさか自分が、猫ではなく知らない男を拾ってしまうとは。

バスルームから聞こえてくるシャワーの水音は現実のものなのに、私の感覚はどこかふわふわとしていて、別の世界の出来事であるような気さえしてくる。

早まった決断をしてしまったという自覚はある。ひとり暮らしの女の自宅に初対面の男を連れこむなんて、危なっかしいにもほどがある、と。

けれども、戸塚とのデートを回避するためには彼の力が必要なんだから、仕方ないじゃないか――

「タオルくれる？」

自分の行動を正当化したくてそう言い聞かせていると、いつの間にかシャワーの音が止んだバスルームのなかから、イケメンが声を張り上げるのが聞こえた。

一瞬、誰に呼びかけているんだろうと疑問を持ったのは、現実感のなさゆえだろう。でもこの部屋の主である私以外いないはず、とすぐに思い直した。

私は収納ボックスから花柄のバスタオルを一枚取り出して、バスルームの扉をうすく開ける。そして、そっぽを向きながら、空いた隙間にそれを突きだした。

「これ」

「どーも」

扉の向こうにタオルが渡ったとき、彼の濡れた手が私のそれと触れた。

公園では、雨に長く打たれていたせいでかなり冷たくなっていたけれど、熱いシャワーのお湯のおかげか、すっかり温かくなっている。

「っ……」

その感触が生々しくて、何も身に纏《まと》っていない彼がすぐ傍《そば》にいるという事実を意識せずにはいられない。

「ねえ、着替え、ない？」

「き、着替え？」

「何も着ないで外に出ろって？」

そうだった。彼の服は今まさにベランダの洗濯機のなかで回転中。服がないのだ。

「ちょ――ちょっと待ってて」

裸のまま出てきてもらっては非常に困る。慌てて収納ボックスのなかを漁《あさ》り、彼が身に着けられそうなルームウェアを探した。

ワンピースは形からして論外。予備のパジャマは、色味がピンク系で女子っぽすぎる。

うーん、弱った。男性の服なんて私が持っているわけない。家に通ってくれるような彼氏がいれば、そういうものもあったかもしれないけど。

……あ。これならどうだろう。

奥底から、昔、同僚たちとバスケをしていたときに着ていた黒いナイロンのスウェットと、私にはすこし大きめサイズのブルーのTシャツが出てきた。ほんの一瞬着ただけで、ずっとここに眠っていたものだ。

土器のかけらを発掘した考古学者の気分で、それを持って扉の前に戻る。

「サイズが合えばいいんだけど」

「着てみる」

待つこと十数秒。扉が開いて、スウェットとTシャツ姿のイケメンが出てきた。

「Tシャツはピッタリだった。こっちは足首出ちゃってるけど」

こっち、と言って示すのはスウェットだ。

「そう」

細身だけれど肩幅のあるイケメンにとって、私が大きく感じたTシャツはジャストサイズだったようだ。脚は、イケメンのほうが俄然《がぜん》長かったようだけれど、まぁ、とにかく着られる服が見つかってよかった。

レディース規格なのに、モデルが優秀であればそれなりに見えるのが面白い。

「今って何時？」

バスタオルで頭をわしわしと拭きながら、イケメンが訊《たず》ねる。

雨に打たれていたときは気にならなかったけど、照明の下で見ると彼の髪はすこし茶色っぽく、柔らかそうだった。

「七時十五分」

テレビ横のデジタルクロックを指し示して答えると、彼は「へえ」と小さくおどろいた。

「もう七時すぎてるんだな。どうりで腹減ったと思った。何か食べたいんだけど、作ってくれる？」

使用済みのバスタオルを私に手渡しつつ、悪びれる様子もなく笑顔で主張する。

シャワーが終わったら次は食事。まったくもう、気ままますぎやしないか。

ベランダに置いてある洗濯カゴに彼が使ったバスタオルを入れ、再び彼の前に戻る。

……うちのこと、ホテルとか民宿と勘違いしてない？

「一晩泊めるとは言ったけど、ご飯の保証はしてないでしょ」

「俺、麺類が希望なんでよろしく」

「人の話聞いてる？」

恐ろしく図々《ずうずう》しい彼の態度に、ついつい声のトーンが下がる。

誰も作るなんて言っていないのに。

「あんたも夕食まだなんだろ。ひとり分作るのもふたり分作るのも、大して変わらないじゃん」

「それは作る側が言う言葉。作ってもらう側の台詞《せりふ》じゃないでしょ」

公園にいたときからうっすら予感はあったけれど、確信に変わった。このイケメン、とんでもない自己中男だ。

……本当、変なのを拾ってしまった。

とはいえ、イケメンの言うことも一理ある。材料の分量が増えるだけで、料理の作業としてはひとり分を作るのと大きく変わらない。

彼を拾わずに帰ってきたとしても、どうせ自分の分は用意するつもりだったのだから、ごちゃごちゃ言わずに作ってしまおう。

「……仕方ないなぁ、麺類ね。パスタでいい？」

パスタはレンジで調理できることもあり、一口コンロである我が家では大変重宝《ちょうほう》する食材だ。キッチン下の戸棚にいつもストックしてある。

「そうこなくっちゃ」

「すこし待ってて」

冷蔵庫の中身を物色する。

ベーコンに玉ねぎ、あとしめじがあるから、それらを和風テイストで纏《まと》めることにしよう。

ついでにコンソメスープもつけようか。中途半端に残ってる野菜をみじん切りにして、具材にしてしまえばいい。

大まかな計画を立てつつ、電子レンジに二人分のパスタを入れた調理容器をセットした。加熱している間に冷蔵庫から材料を引っ張り出して、準備に取り掛かる。

私が狭いキッチンで夕食づくりに励んでいる間、イケメンは部屋を見回しているようだった。

普通は、他人の家に上がったらいろいろと詮索《せんさく》しないものだと思うけど……彼に常識を求めても無駄だろう。

「クラシック、好きなの?」

後ろのほうから、イケメンの声が聞こえた。

「聴くほうはね」

私は手元を見たまま答える。

「聴くほうは、っていうと?」

「鑑賞はまあまあ好き。でも、自分が演奏するのはイマイチだったから」

完全に親の趣味で習わされたピアノだったけれど、その経験が今にまったく生きていないというわけではなかった。

気が向けばクラシックの演奏を聴いたりはするし、特に気に入ったものはＣＤを持っていたりもする。

イケメンがチェストの前に立っているということは、おそらく、そこに並べてあるＣＤを見ているのだろう。

昔、気まぐれに行ったコンサートで買った、日本人ピアニストのものが何枚か置いてある。

そういえば、最近は全然行かなくなっちゃったな。

「ピアノ？」

「そう。って言っても、下手だったけどね。中学生で辞めちゃった。練習が嫌で」

「へぇ」

「才能なかったし、レッスン中は、早く終わんないかなってことばっかり考えてた。今思えば、そういうのって絶対に先生にバレてただろうね」

逆に、よく中学まで続いたと感心するくらいだ。

レッスンのときは、いわば修行の時間。その修行から解放されたあとに、さぁどんな楽しいことをしようかな、と考える時間が、結構幸せだったかもしれない。

あのころの自分の感情が、時を超えて今の自分の心のなかに流れこんでくる。

「……才能っていえば、当時すごく上手な子がいたな」

タイムリーに見た夢のこともあり、名波くんを思い出して口にする。

「ちょうど私の次にレッスンの時間が割り当てられてた子なんだけど、同じくらいの歳だろうに、難しい曲をスラスラ弾いててね。あれくらいできたら、弾くほうも楽しめたんだろうけど」

「なるほどね」

イケメンはしばらくCDを眺めたりしていたけれど、満足したのか飽きたのか、それらを元の位置に戻してローテーブルの前に座った。

本当は、名波くんが彼に似ていることも言いたかったし、楽器の経験があるかどうかを訊《き》いてみたいなとかも思ったのだけれど、彼が興味なさそうだったので止めておいた。

野菜たっぷりのコンソメスープを作り終えるころには、レンジでパスタが茹《ゆ》で上がっていた。スープが冷めないうちにと、カットした具材と一緒にフライパンで手早く和風パスタを完成させて、器《うつわ》に盛りつける。

そしてそれらをローテーブルの上に並べた。

「どうぞ」

私の分と、イケメンの分。パスタもスープも、それぞれ器《うつわ》はバラバラ。食器とともに添えたイケメンの分のフォークに至っては、コンビニでもらったプラスチック製のものだ。

ひとり暮らしゆえ、悲しいかな揃いの食器というものが存在しない。

頻繁《ひんぱん》に食べに来てくれるような相手がいれば、オシャレな食器やカトラリーのセットを集めてみたっていいけれど、そんな予定もないし。

「いい匂い」

パスタ皿から漂《ただよ》う焦げた醤油《しょうゆ》の匂いにそそられたのか、イケメンが鼻を鳴らした。

「――いただきます」

顔の前で両手を合わせて、フォークを手に取る。

ふうん、そういうところはきちんとしてるんだ。ちょっと予想外。

「……いただきます」

私も彼に倣《なら》って手を合わせると、パスタを口に運ぶ――うん、上出来。

イケメンは黙々と、まるで何かに取りつかれたようにがっつくと、あっという間に平らげてしまった。

「そんなにお腹空《す》いてたの？」

「朝から何も食べてなかったから」

ある程度お腹を満たして満足したらしい彼は、それまで手をつけていなかったスープを味わうようにすこしずつ飲みながら答える。

この食べっぷりはそういうわけか。一体、ご飯も食べずに何をしていたんだか。

「うちに何も食べるものがなかったら、どうするつもりだったの」

普段料理をしない主義の人だっているし、そもそも太るのが嫌とかで食べ物を家に置かない人というのも存在するだろう。

こんなに食べ物を欲していたくせに、すぐに摂取できる状況じゃなかったなら、どうしていたのだろうか。

「部屋に入ればわかるよ」

「どういう意味？」

「キッチン見れば大体わかる。その部屋の主が料理をする人かどうか」

彼はキッチン用品や並べてある調味料などで、私が普段から料理をする人間であると察したようだった。

なるほど、だからいきなり「作って」なんて図々《ずうずう》しいことも言えてしまうわけだ。

「ごちそうさま。美味《おい》しかった」

スープを飲み終わったイケメンは、ふたつの食器とフォークをひと纏《まと》めにしてシンクに下げてくれた。

「……ど、どうも」

誰かから料理の感想を聞けるなんて滅多にないことだから、妙に照れくさい。

「俺がやっとくよ」

食器を洗おうと立ち上がった私に、イケメンが言った。

食事のお礼ということなのだろうか。そんな優しさがあったとは。

「じゃあお願い」

洗いものは彼に任せることにして、私はベランダに向かい脱水の終わった洗濯物を、一階のランドリーに持っていった。乾燥機にかけて、後程取りに来ることにする。

エレベーターに乗り、自分の部屋のある四階のボタンを押し、ひとつ息を吐いた。

「……一体、何してるんだろう」

二度目の呟《つぶや》き。時間が経てば経つほど、今自分の置かれている状況の異常さを意識せざるを得ない。

今の部屋に男性を上げたことは一回もない。それ以前に、女の子の友達だって数える程度しか呼んだことはない。だというのに、何て大胆なことをしてしまったんだろう。

いや、でもそれも今夜一晩だけの話。戸塚とのデートを回避する手伝いをしてくれるってことなのだから、決して自分の価値を貶《おとし》める出来事じゃないはず。

明日のため。明日のため。明日のため……

ベランダでそうしたように、必死に自分を納得させようとしながら、部屋に戻る。

すると、洗いものを終えたイケメンは、私のベッドに寝そべってテレビを見ていた。

「……」

その景色を目にした瞬間、心臓がドキッと音を立てる。

そうだった。今日の寝床のことを考えていなかった。

ソファやカウチのないこの部屋で、身体を休められる場所はベッドしかない。

しかも私のシングルベッドは、元から幅がタイトにできていて、大人がひとり横になるのでも少々窮屈《きゅうくつ》なサイズだ。ふたりともなれば、身体を寄り添わせずに寝るのは至難の業《わざ》に違いない。

イケメンには床で寝てもらうという手もあるけど、布団や枕もない場所を勧めるというのも、可哀想な気がするし……

いやいや！　何考えてんの。だからって、同じベッドで寝られるわけないでしょ！

問題はそこじゃない。たとえ離れた場所で眠りについたとして、同じ空間にいることには変わりないのだ。それがマズい。

起きている間は理性が働いていても、私が眠ったのを確認して――なんて可能性だって十分にある。

「どうした？」

「え、あ、ううん」

今になって、男性を部屋に泊めるということの重大さにようやく気付いた。明らかに相手を意識した態度で、私は部屋の端に座った。

「何でそんなに離れてんの」

うつ伏せで上体だけを起こした体勢で、イケメンは私のほうをちらりと見て言った。

テレビでは、タレントが自分の雑学を披露するような番組が放送されている。

「そ、そうかな」

「あと、正座疲れない？」

「え」

腰を落ち着けるのが危険という意思が働いてしまったからか、不自然にも両ひざを着いた座り方をしていた。

「べ、別に」

否定してみたけれど、嘘であるのはバレバレだろう。

「ふーん……」

思った通り、彼は疑った様子で唸《うな》るように呟《つぶや》いた。

悪いことをしているわけじゃないのに、ドキドキする。

男性として警戒しているということを悟られたら、かえって襲われてしまいそうな気がして。

すると、イケメンは身体を起こし、ベッドから下りた。そして。

「……？」

私の傍《そば》にしゃがみこむと、清々《すがすが》しいほどの笑みを向けてくる。

何だろう。困惑して言葉を発せられずにいると、

「……俺のこと、意識してる？」

イケメンはわざと耳元に唇を寄せて、囁《ささや》くような声で訊《たず》ねた。

「っ！」

そのとき、テレビから「えー!?」という騒ぎ声が聞こえてきた。出演タレントの何かしらの発言に対するリアクションのようだ。

そんな、私のほうが「えー!?」だ。

「そ、そんなことないけど」

「嘘だ。いきなり距離取ったりして、考えてることモロバレ」

やはりわかりやすすぎる反応だったのだろうか。

しくじった――と後悔していると、イケメンは続けて、

「そんな反応されちゃうと、期待に応《こた》えたくなるな」

なんて言った。次の瞬間、私の目には天井のシーリングライトが映る。

え？　どういうこと？　――眩《まぶ》しいんですけど？

状況を理解できないうちに、翳《かげ》ったイケメンの顔が覗きこんでくる。

私はここでやっと、自分がクッションの上に押し倒されているのだと悟った。

どうやら左右の手首をイケメンの片手に纏《まと》められてしまったようだ。そのまま床に押しつけられて、身動きが取れない。

「ちょっ――ちょっとっ……！」

身を捩《よじ》ってみるけれど、男性の力にはまるで敵《かな》わない。

「こうなる可能性もあるってわかってて、俺を連れてきたわけだろ？」

ゆらりと近づく、整った顔。

この雰囲気はマズい。

テレビから絶えず聞こえる賑《にぎ》やかな声。なのに、この緊迫感なのが滑稽《こっけい》だ。

「なら、覚悟しないとな」

「覚悟って……わ、私はそんなつもりなんて。あなたがそうしろって半ば無理やりっ……」

「言い負かされたっていうのは理由にならない。その気がないなら、ハッキリ断ることだってできたわけだからな」

「うっ……」

それを言われると痛い。彼の言う通り、最終的に連れて帰ると決めたのは私だ。

だからといって、「何かされるかも」とか、「むしろしてほしい」なんて期待を抱いていたわけではない。それを望んでいたかのように言われるのは、納得がいかない。

「受け入れろよ。俺のこと、拾ったんだから」

彼の瞳に、私の戸惑った顔が映りこんでいるのが見える。

ふわりと鼻をくすぐるのは、私が愛用しているシャンプーの、スパイシーな花の香りだ。

長い睫《まつげ》を伏せた彼の顔が、どんどん接近してくる。

待って――このままじゃ、き、キスされちゃうんですけどっ……!?

観念して強く目を瞑《つぶ》った。その直後。

――むに。と、唇に触れる感覚があった。

てっきり彼の唇なのだと思ったけれど、それにしては違和感がある。

……何か、違う?

目を開けると、人差し指を私の唇に宛《あ》てがったイケメンの、笑いをこらえる表情があった。

「っ……!」

悲鳴にならない悲鳴を上げると、もう我慢できないとばかりに彼が噴き出した。

「冗談だって。まさか本気にされるとは思わなくて」

何それ――私、からかわれたってこと!?

頭にかぁっと血が上っていくのが、自分でもわかる。

「〜〜〜最っ低！」

私はイケメンを押し返すようにして身体を起こして、立ち上がった。ベッドの上の枕を両手で持ち上げ、力いっぱいイケメンに投げつける。

「いてっ」

もうすこしで当たりそうだったのに、反射神経がいいらしい彼は間一髪、手で払いのけた。……悔しい。

「そんなに怒らなくても――」

「怒らずにいられる？　こんな冗談、笑えないに決まってる！」

ともすれば真実になりかねないというのに。私は声を荒《あら》らげた。

「最初にも言ったけど、俺、女にはまったく困ってないから、いきなり襲うとかないし。約束する」

イケメンは真顔でサラッとそう言うと、片手を口元に持っていき、あくびをひとつこぼした。

「そろそろ眠くなってきた。予備の歯ブラシとかって、置いてある？」

「………」

この自己中男は、またも勝手な要求をしてくる。

どうしようもない男を家に連れこんでしまった。でも、それも明日のデートを終えるまでの辛抱だ。耐えろ、私……。頑張って耐えるんだ。

「……ちょっと探してみる」

真面目《まじめ》に相手にすると激しく疲れる。私は脱力感を覚えつつ返事をして、しまいこんでいる歯ブラシのストックを漁《あさ》った。

■□■

その夜、また夢を見た。

何もない、真っ白な空間に突如現れるグランドピアノ。

そのピアノからは、ショパンの黒鍵《こっけん》のエチュードが聴こえてきた。

軽やかに、滑《なめ》らかに奏《かな》でられるメロディに、心が浮き立ってくる。

……弾いているのは、誰？

よくよく目を凝《こ》らしてみると、演奏者の影が浮かび上がった。

弾いているのは——名波くんだ。中学生のときのままの制服姿で、自らの演奏している旋律《せんりつ》に聴き入るかのように、時折目を伏せながら。

やっぱりそうか、と思う。この曲は、レッスンに入る前にいつも彼が弾いていた曲だ。

私と彼との間には、十メートル程度の距離があった。

もっと近くで聴いてみたい。その一心で、私は急ぎ足で彼のもとへ向かう。

「名波くん」

直接話をする仲ではなかったから、もしかしたら現実で彼の名を口にしたことはなかったかもしれない、と頭の片隅で思う。

私の呼びかけで、名波くんは演奏の手を止めた。そして椅子から立ち上がり、私のほうに顔を向ける。

すると名波くんだった人物は、まるで早送りの映像を見ているみたいに急速に成長を遂げ、なんと――

『受け入れろよ。俺のこと、拾ったんだから』

あの、顔だけは凄まじく良い、図々《ずうずう》しい自己中男の姿に変わった。

あれ、どうして？　名波くんは!?

「んっ――」

「起きたみたいだな。おはよう」

私が唸《うな》ると、頭上から男の声が聞こえた。そして、額《ひたい》にスタンプを押されたような感触。

……何これ？　目を開けると、

「ぎゃっ!?」

ブルーのプリントTシャツが目前に迫っていた。害虫を見つけたときのような声を上げてしまい、その反応におどろいたソイツの身体が離れていく。

「なっ……な――」

一発で目が覚めた。むくりと上体を起こす。

直前の額《ひたい》の感触を思い出し、おでこにとはいえ、キスされたのだと知る。

「朝っぱらから何て声出してんだよ」

「あ、あなたこそっ……朝っぱらから何してくれてるのっ……?」

「うーん、挨拶《あいさつ》?」

……外国人じゃあるまいし。

「起きないから起こしてやったんだろ。ほら、時間」

何か言い返してやろうと口を開きかけたところで、セクハラ男に促《うなが》され、デジタルクロックに目をやると、午前九時を表示していた。

「――デートの約束、十一時じゃなかったっけ? 支度考えたら、そろそろ起きないと」

「そうだった」

昨日の夜、戸塚からデートの待ち合わせについてのメッセージが入っていた。

会社の最寄り駅に、できたばかりの新しい映画館がある。そこのロビーに十一時、と。それに加えて――

『くれぐれもドタキャンはするなよ～。あと、噂の彼氏も忘れずに連れてきてくれよな♪』

この男、絶対私に彼氏なんていないと確信している。失礼なヤツ！

ふんっ、見てらっしゃい。あっとおどろかせてやるんだから。

「早くシャワー浴びてきな」

「……」

「心配しなくても、襲ったりしないから」

私がジト目で睨《にら》むと、彼は肩を竦《すく》めて笑った。

寝起きにおでこにキスの時点で、こっちとしては襲われてる気分なんですけどね。

「……行ってくる」

私は収納ボックスから下着や着替え、それにバスタオルを取り出すと、バスルームに籠《こも》った。

三点ユニットは狭い。だから、持ちこんだ服やタオルを置く場所にも困る。

腕に抱えたそれらをトイレの蓋の上に置くと、一枚ずつ衣服を脱いで隅に纏《まと》めた。

そして、シャワーのレバーを押す。

ヘッドの部分から流れる水は、ほどなくしてお湯になる。それを確認して、私は頭から温かいお湯を被った。

昨日は結局、彼を警戒するあまり入浴をせずに眠ってしまった。というのも、このバスルームの鍵が壊れていたからだ。入居してひと月も経たないころだったと記憶している。

ひとりで暮らしている分には困らなかったので、そのままにしていたのだけど、昨日ほど直しておけばよかったと思った日はなかった。

頭を洗ったり顔を洗ったりしているうちに、入ってこられたらひとたまりもない。すこしでも隙《すき》を見せてしまったら、そこにつけ入られると感じたので、枕を投げて以降はベッドには上がらせず、タオルケット一枚だけを渡して床で寝てもらった。

物理的に離れたといっても、安心はできない。だから、電気を消してさあ寝ましょうという状態になっても、眠気はちっとも訪れなかった。むしろ、冴えきってしまっていたくらいだ。

ベッドの下の彼が寝返りを打てば、ビクッと身を竦《すく》ませたり、何か寝言のようなものを口にすれば、意味はある言葉なのだろうかと身を硬くして聞いたり。

とにかく、周囲が暗いうちは、自分の身を守るということに意識を集中させていた。

カーテン越しの空が白っぽく、明るくなってからようやく、私は睡眠モードに入れたのだ。

眠りに入る直前まで意識していたせいか、彼を夢にまで見てしまった。

やっぱり、記憶のなかの名波くんに似ている、と改めて思った。

まぁ、名波くんの記憶も薄れているので、イケメンに似せてイメージしてしまっている部分もあるんだろうけど。それでも、雰囲気といい、顔の造りといい、近いものを感じる。

そんなことを考えながら入浴を終え、着替えと化粧をすませてからワンルームに戻る。

イケメンも、昨日のうちに乾かした自分の服に着替えていた。黒いTシャツにジーンズ、それに白地にシルバーのラインが入ったアンクルソックス。

「嫌がる割に、デート仕様にしてるじゃん」

服装を見たイケメンに指摘される。

「……そう?」

白いブラウスと水色のスカートのドッキングワンピース。それに肌色のストッキング。

むしろ張り切ってない感を出すために、シンプルな装《よそお》いにしたつもりだったのに。

「そういう無難な格好が、一番男受けするんだよな。相手の男、むしろ勘違いしてテンション上がっちゃいそう」

「そ、それは困る」

戸塚の『瀧川～、やっぱ俺のこと好きなんじゃん♪』というハイテンションな台詞《せりふ》が聞こえてきそうで身震いした。

「わかってるって。だからこそ俺の出番だろ。ちゃんと諦めさせてやるから任せておけって。約束は守るから」

「……あ、ありがと」

彼の何を知ってるわけでもないけれど、その発言には妙に説得力があった。彼に任せておけば大丈夫。心配ない。そう思えるような要素、というか——。上手く表現できないけれど。

私はバスタオルで髪を拭きつつ、ドライヤーをプラグにセットした。

「貸して」

「え？」

「それ、ドライヤー」

促《うなが》されるがままにドライヤーを手渡した。

「そこに座って。俺が乾かしてやるから」

そう言われおどろいたけれど、断る理由もないのでやってもらうことにする。彼の前に座り、「お願いします」と一言。

「鏡ないと、自分じゃやり辛いだろ」

ドライヤーの騒音の隙間を縫うように、彼の声が耳に届く。

「バスルームにコンセントがないの。でももう慣れたから」

私はいつもより声を張って答えた。慣れたけど、不便でしょうがない。

染色もせず伸ばし続けている髪は、すでに胸の下にまで達している。ポリシーがあるわけでもなく、切るタイミングを失ってしまっただけなのだけど、ボサボサになるのはカッコ悪いので、ブローだけは丁寧にしているつもりだ。

「綺麗にしてるんだな」

髪に直接触れているイケメンには、それがわかったのかもしれない。

……褒《ほ》められるのって、悪い気はしない。というか、嬉しい。

そもそも、家のなかで異性に髪を乾かしてもらうなんて、子供のころを除けば、彼氏彼女の関係でもない限りは経験できないんじゃないだろうか。

以前バラエティ番組で、グラビアアイドルの女の子が言ってた。一番幸せな時間は、付き合っている彼氏に髪の毛を乾かしてもらっているときだって。

そのときはまったく理解できなかったけれど、今、何となくわかった。こう……優しい手つきで、髪にゆっくり触れられるのは頭をなでられたような感覚に似てるから、大事にされてるって思えるのだ。安心する、とも言える。

「これでよし」

ドライヤーのスイッチが切られ、耳元の爆音がおさまる。

このイケメン、案外いいヤツなのかも——なんて思考が巡った、その直後。

「——ところで、腹減ったんだけど」

がくっと力が抜けそうになった。……ここでそれか。

見直した途端、またしても自分の欲求を満たそうとするとは。

「簡単なものでいいなら、すぐできるから待ってて」

私は嘆息して答え、そういえば食パンがあったんだっけ——と、キッチン下の戸棚を覗いた。

「うん、うまい」

ローテーブルの向かい側に座るイケメンが、頷《うなず》きながら頬張るのはピザ風トースト。ケチャップを塗った食パンにベーコン、玉ねぎ、そしてスライスチーズを乗せて、トースターでチンしただけの簡単朝ごはん。それにインスタントのコーヒーをつけた。

もうすこしお腹に溜まるものを作りたかったけれど、待ち合わせは十一時なので、移動時間を差し引くとゆっくり食事はできない。とりあえずお昼まではこれで保つだろう。

「砂糖いる？」

イケメンは首を横に振った。なるほど、コーヒーはブラック派なのか。私と同じだ。

……いや、というかそれ以前の問題として。

「私、あなたのこと何も知らないんだよね」

我ながら、今朝までそこに気付かなかったのが情けないけれど。

目の前の、食事をともにしている彼のことを、私は何ひとつ知らない。

歳も、職業も、出身地も——名前さえも。彼を構成するものを、何もわかっていないのだ。

「俺も、あんたのこと何も知らないよ」

右手にトースト、左手にコーヒー。熱いコーヒーを啜《すす》りながら、イケメンが答える。……そうか。私のことも、あんまり話していなかったかも。

であれば、なおさら——だ。

「怖くない？　得体の知れない人間の部屋で食事してるって」

「怖いと思ったら、拾ってくれなんて言わないし」

むう、それもそうか……なんて、納得してる場合じゃなかった。

「私だったら怖い。一緒にいるのが、どこの誰かわからないなんて、不安だもん」

「じゃ、今一緒にいるのは何で？」

「それは……背に腹はかえられないというか……」

そう。今のこの状況が特殊なだけで、普通であれば何者かわからない相手と部屋にふたりきりなどあり得ない。

もしかしたら、極悪人かもしれない。もしくは、ヤバい仕事の人とか。

そんな人とはかかわりたくない。

「新しい人間関係を作るときって、そういうものだろ。お互いどういう人間かわからないけど、徐々に知っていくっていうか」

サクサクと小気味いい音を立ててトーストを頬張りながら、イケメンが言う。

「でもほら、必要最低限の情報ってあるじゃない」

「たとえば?」

「名前とか歳とか職業とか」

私は自分の食事そっちのけで、彼をじっと見た。

それくらいの内容は知ったっていいはずだ。

「相手にそういうことを訊《き》くときは、先に自分の情報を明かすのが鉄則なんじゃない?」

私が答えれば自分も答えるというわけか。

「瀧川一華。さんずいに難しいほうのリュウって字に三本線のカワ、ひとつのハナ。ハナは中華の華ね。歳は今年で二十八。職業、会社員——はい、あなたの番」

早口にまくしたて、すかさず彼にバトンを回す。ところが。

「ごちそうさま」

ちょうど食事を終わらせた彼は、そう言って食器を持ち、立ち上がった。

「ちょっと？」

「そろそろ出ないと、時間に遅れる。尋問もいいけど、今は後回しな」

彼は食器をシンクに置いて、バスルームに行ってしまった。おそらく、歯磨《はみが》きだろう。

「くっ……」

彼が話を打ち切ったのは、間違いなく自分のことを話したくないからだ。なのにそんな彼にまんまとだまされて、自分の情報を与えてしまった。ひどく後悔したけれど、実際、時間は差し迫っている。

イケメンの素性《すじょう》は、とりあえず戸塚とのことが終わってから、ゆっくり聞かせてもらおう。

私はいったんそのことを忘れ、急いで食事を平らげることに専念した。

■　□　■

休日の映画館はとんでもなく人が多かった。

ここは新しくて綺麗なので、土日は混むと聞いていた。特に入り口付近では、すれ違った人と肩と肩がぶつかりそうになる。

待ち合わせ十分前に到着したにもかかわらず、戸塚はすでにロビーのソファに座っていた。

「瀧川〜」

私に気付いた彼が、立ち上がってぶんぶんと手を振る。

会社外で会う戸塚は、スーツ姿よりも若々しく見えた。ネイビーのポロシャツにベージュのクロップドパンツ、それに黒いスニーカーというカジュアルな組み合わせがそう感じさせるのだろう。まるで大学生みたいだ。

「何だかんだ言いながら来たな。やっぱりオレとデートしたかったんだろ」

「そのことなんだけど……」

ふんぞり返る戸塚におずおずと切り出すと、後ろに控えていたイケメンに視線を送った。

彼は私のとなりに並ぶと、満面の笑みで戸塚を見た。

「一華、この人が会社でお世話になってるっていう戸塚さん？」

しらじらしい演技に噴きそうになる。ダメだ、こらえなくては。

「そ、そう。同期入社の」

「へえ、そうなんだ。いつも一華がお世話になってますー」

謎の男の登場に困惑しているのは戸塚だ。先ほどの態度とは一変し、明らかに戸惑った様子で私とイケメンを見比べている。

「瀧川、この人は……？」

「戸塚。この人が、私の彼氏なの」

心のなかで何度も練習していた台詞《せりふ》を口にする。よし、ちゃんと言えた。

「昨日、最初に部長に訊《き》かれたときは、正直に言えなくて。だって、そういう話って恥ずかしいじゃない？　なのに、いつの間にかデートするってことになっちゃって」

第一関門をクリアした勢いで、私はさらに言葉を重ねた。そこにイケメンが補足してくる。

「言いにくいなら俺と一緒に言おうってことになったんだ。ごめんなさい、戸塚さん。そういうわけで、一華には俺というれっきとした彼氏がいるんです。ね、一華？」

「う、うん。だから戸塚、ごめん……映画、一緒に観られないや」

「……嘘だな」

「えっ？」

「本当にこの人が、瀧川の彼氏だっていうのか？　こんなにいい男が？」

戸塚がジト目で私を睨《にら》んでくる。

疑われてるのか。……無理もない。

デートでもしてからかってやろうと思ってた男っ気のない同期の女が、彼氏――しかも並ではないイケメンを連れて来たのだから。

「……そうだけど」

「本当か？　遊ばれてるんじゃなくて？」

「ほ、本当に決まって――」

真っ赤な嘘とはいえ、そんな疑い方をするなんて失礼な！

反論しかけたとき、肩にイケメンの手が触れて抱き寄せられる。

そして、頬と頬がくっつきそうな距離で、

「一華は俺の大切な彼女ですよ。遊びなんてこと絶対ないです。こんなにラブラブなの、見てわかりません？」

――などと言って、そのまま頬にキスをしてきた。

っ……ちょっと！　何してくれてんの!?

「……マジなんだ」

戸塚はその様子を目《ま》の当たりにし、しばらく言葉を失っていたけれど、やがて額《ひたい》に手を当て、よろけるような仕草をした。

「彼氏がいるなら連れて来いとは言ったけど、まさか本当に連れて来るなんて――ショックすぎるっ……」

「あ、戸塚？」

「瀧川にも彼氏がいたとは……同期のひとり者はオレだけなんだ……」

彼はどんよりとしたオーラを纏《まと》いながら、おぼつかない足取りで入り口のほうへ歩いて行ってしまった。

……あーあ、かなり落ちこんだみたいだけど、大丈夫かな。ちょっと気の毒にも思えてくる。

でも、ホッとした。戸塚の姿が見えなくなってから、胸をなで下ろす。

これでアイツも、私を誘ってくるようなことはないだろう。

「ありがと。上手くいったみたい」

「言ったろ、ちゃんと諦めさせてやるって」

有言実行。そこは心の底から褒《ほ》め讃《たた》えたい。しかし。

「でもあそこでほっぺにちゅーは必要なかったでしょ!?　一体どういうつもりよ！」

私は一転、くわっと目を剥《む》いて非難した。

「付き合ってるならリアリティが必要だと思って」

だけど彼は、とぼけた顔をして勝手なことを言う。非常に腹立たしい。

「それより、どうすんのこれ」

イケメンは思い出したように、ジーンズの後ろポケットからすこし皺《しわ》になった白い長封筒を取り出した。それはまさしく、昨日私が部長から受け取った映画のチケットだ。

「せめてチケットは同僚くんに渡そうと思ったけど、タイミング失っちゃったな」

「そうだね」

「せっかくだし、観るだけ観てくか?」

「あなたと?」

そもそも乗り気じゃないデートを断るために、彼についてきてもらったというのに。

結局貴重な休日を、謎な男と過ごすのでは本末転倒だけど……

でも、たまにはいいか。わざわざ映画館まで出向いたわけだし、この場で使えるチケットをみすみす無駄にするのも惜しい気がする。

「——うん、観てこうか」

彼とはデートという体《てい》ではないし、それなら気持ち的にも楽だ。

「ちなみに、何の映画?」

それを知らないで提案したのかと呆れたが、言われてみれば、彼には封筒の中身を見せていなかった。

「開けてみて」

彼がチケットを取り出す。

「……『ラブリー・ストレンジャー』」

「恋愛映画みたい。趣味じゃなかった?」

タイトルを口にしたときのテンションで、彼の食いつきが悪いのがわかった。

気持ちはわからなくもない。私も、アクションとかサスペンスのほうが好みだし、男の人なら余計にそうかもしれない。

「いや、別に」

「興味ないなら興味ないで、私は観なくても構わないよ」

もともとどうしても観たいというものではない。チケットがあって、どうせ来たなら——くらいのノリだ。

気乗りしないものに付き合わせるのも嫌だし。

「好みじゃないとか、そういうんじゃないんだ。ただ、ちょっとびっくりしただけで」

「びっくり？」

「とにかく、観たくないってわけじゃない。……ちょうど、そろそろ始まる時間なんだな。サクッと観ちゃおうぜ」

「……？　うん、わかった」

あまり納得はいってないけど……嫌じゃないなら、そんなに気を使わなくてもいいか。

目指すはひとつ上のフロアの、スクリーン二番。そこで、約二時間のストーリーに没頭した。

感想としては、ありがち、の一言につきる。近所のファミレスで働く平々凡々なフリーターの女性・アカリの前に、カイという謎の男が現れたことで始まるラブコメディ。出演者は芸能界でも今をときめく美男美女ばかりで、目の保養にはなった。けれど、ストーリーはこれといって印象に残る作品ではなかった。

客層は十代後半から二十代前半の女性が一番目立ったように思う。だからか、周囲の女の子からの視線をよく感じた。理由はもちろん、私ではなくとなりに座るイケメンにある。

「あの人、カッコいいね」

「芸能人かなぁ？」

そういうひそひそ声が、上映前後に聞こえてきた。

彼女たちには、私と彼が恋人同士に見えたのだろうか。だとすればハズレなのだけど、ほんのすこしだけ、優越感を覚えてしまう自分がいた。

……ま、彼にとっては迷惑以外の何ものでもないだろうけど。

鑑賞後、映画館の三階に併設されているカフェでコーヒーでも飲もうかという話になった。

アイスコーヒーにストローを差しながら、向かいの席に座る彼に訊《たず》ねた。

「映画、どうだった？」

「退屈だった」

「だろうね」

おそらくそうだろうと予想していたから、笑ってしまった。

「私も同じ感想かな。あ、でも」

「うん？」

私はたった今観たばかりの映画を、頭のなかで振り返りながら言った。

「音楽は、すごくよかったと思う」

「音楽？」

「映画によく合ってたよね。そこだけかな、いいと思ったのは」

全編通して、ＢＧＭの主旋律《しゅせんりつ》はピアノで構成されていた。ピアノ好きな私としては、それだけでポイントが高かったのだけど、ひとつひとつの楽曲としても完成度が高いように思えた。

甘く優しい、けれどもときには切ない、物語にフィットする音楽で。

……それに、すこし懐かしさを覚えたりもした。ここ最近、立て続けに名波くんの夢を見たからだろうか。中学生のときに聴いた、つい耳を傾けずにはいられない心地よい感覚がよみがえったような感じがしたのだ。

「映画観るとき、音楽気にしたりするんだ」

イケメンの声にはちょっと意外そうな響きが含まれている。

「するよ。脚本も演技もいい感じなのに、音楽がショボかったら最悪じゃない」

「だからって、作曲者とか演奏者で、その映画を観るかどうか決めることはないだろ？」

「それはそうだけど」

さすがにそこまでは熱心じゃない。現に、さっきの映画も、スタッフロールの間は席を立つ支度にあてていたから、音楽が誰の手によるものなのか確認はしていない。

「でも音楽って、映画のイメージを作る大事な骨組みの一部だと思うよ」

「ふうん」

イケメンは頷《うなず》いて、ストローからコーヒーを啜《すす》った。

「それ以外は、普通。似たような展開で、こういうの何度も観たなぁって」

「とはいえ、恋愛モノにそれ言うと身も蓋もないしな」

「そうだね」

そういうお約束的展開が、恋愛モノの醍醐味《だいごみ》なのだ。出会って好きになって、でも告白できなくてハプニングが起きる。そのハプニングが、最終的にふたりを結びつける、という。

「それにしても、いかにも女子受けしそうな作品って感じだったよね」

私はふぅっと息を吐きながら言った。

最初から結末はわかっていても、女の子たちはその過程に夢中になる。いや、むしろ結末がわかっているからこそ、過程のあれこれに集中できるのかもしれない。

ところが、現実だとそうはいかない。現実の恋愛は、良くも悪くも、結末や過程は未知なるものだ。どう転ぶかは展開次第。恋愛至上主義者は、そのドキドキをいつでもフルに楽しんでいるに違いない。

「自分だって女子のくせに」

「女『子』って歳じゃないもん。それに、恋愛とかって、しばらく縁遠いし」

恋とか愛とかできゃあきゃあ言ってた感覚が思い出せない。やっぱり私って、重症だな。

「……今日は、フリとはいえごめんね。どうせなら、もっと可愛い子と恋人役ならよかったのにね」

つい、自嘲気味に笑ってしまう。

「どうした、急に」

「――私、決して可愛げがあるタイプじゃないの、もうわかってるでしょ。悪かったなって思って」

映画館で周囲からの注目を集めたとき。優越感を覚えたのは事実だったけれど、同じくらい、申し訳ないなぁと思ったのもまた事実だ。

彼は自由人すぎる部分はあるものの、これほど見た目が整っていて、かつコミュニケーション能力もある男性だったら、横にはそれ相応の美人を置いておきたいはずだ。私を助けるためとはいえ、『彼女』として接することに抵抗があったんじゃないだろうか。

「それ、自分で決めつけてるだけだろ」

イケメンを慮《おもんばか》ってそういう発言をしたつもりだったのに、どういうわけか彼は不機嫌そうだった。咥《くわ》えていたストローの先を噛み潰して言う。

「どういうのを可愛げがある女って言うのか、基準がわからないけど。……俺は少なくとも、あんたのこと可愛げがないだなんて思ってない」

イケメンの発言に心が跳ねる。彼は、ストローの先を唇から離して続けた。

「もしかしたら、会社でのあんたはそうなのかもしれない。でも、家庭的だったり、女らしい部屋の雰囲気だったり、猫を可愛がる優しさだったり――それに、知らない男の身体を心配できたりするところも、十分可愛いと言えるんじゃないか。そういうとこを隠さないで、もっと素直に表に出せばいいんだと思う」

「……」

「自分は可愛くないって決めつけてるところが、一番可愛くない」

ハッキリと言葉で聞かされて、ハッとした。

いつからかわからないけれど、自分というものを素直に出せなくなっていた。物の好みや思考、感情といった、何もかもを。

　こういう部分を出したらおかしいんじゃないかとか、気恥ずかしいとか。誰が決めたわけでもない枠のなかに、自分を押しこめようとしていたのかもしれない。

「あと、さっきのごめんねっていう台詞《せりふ》。アレは『ありがとう』だけでＯＫ。昨日そういう約束で家にも泊めてもらったわけだし――違う？」

「……そうだね」

　彼の言葉ひとつひとつが、私の胸の奥の深いところに落ちていく。

「……ありがと。今日は、助かりました」

「どういたしまして」

　私が改めてお礼を言うと、彼はにこっと微笑んだ。

　不思議な人だな、と思う。どこの誰だかまったく知らないし、まだ出会って二十四時間も経っていない程度の間柄なのに、彼の言葉を、スッと受け入れることができている。

　今日でお別れなのが、ちょっと寂しいと思うくらいだ。

「ねえ、そろそろ何か食べない？　腹減っちゃって」

　イケメンはお腹の辺りを押さえながら眉を下げた。

　昨日から、そんな台詞《せりふ》ばっかり聞いてる気がする。

　私と違って彼はストレートだ。自分をごまかさない。私にはないそういう部分が、興味をそそられるのかもしれない。

「駅前で食べようか。今なら、ランチの時間も外れてて空《す》いてるだろうし」

目の前の彼との時間もあとわずか。私は、名残惜しむように遅めの昼食を提案したのだった。

4

バスルームから、シャワーのお湯が流れる音が聞こえてくる。

「むう……」

この現状に納得がいかずに、小さく唸《うな》る。

おかしい。絶対におかしい。

心のなかで呟《つぶや》きながら、私は大きく息を吐いた。

映画を観た後、駅前のパスタ屋でランチをした私とイケメン。昔観た映画の話とか、好きだったテレビや本の話とか、他愛のない会話を交わした。そのあと、ショッピングモールをぶらぶらした。

服や靴、ペットショップなどをこれといった目的もなく眺めたあと、スーパーでの買い物にまで彼は付き合ってくれた。日も暮れはじめ、さあいよいよ解散か——と思いきや。

どういうわけか、イケメンは私と一緒に自宅まで戻ってきてしまった。

最初はうちに忘れ物をした、ということだったけれど、家に着いたあと、なんだかんだでスーパーで買った食材で夕食を作るはめになったのだ。

夕食メニューは、肉野菜炒め。それに白いご飯とワカメのお味噌汁《みそしる》といったシンプルすぎるほどシンプルなメニューだけど、イケメンはご飯をおかわりして平らげた。細身の身体なのに、本当によく食べる。

夕食が終わったところで、お風呂に入ると言い出した彼。当然のように言うものだから、ついそれを許してしまったものの……頭のなかは疑問符でいっぱいだ。

……彼はいつ帰るのだろう？　と。

もともと一晩だけという約束だった。だから私も彼がうちに泊まることを許したのだ。

それなのに、いまだに出ていく気配を見せない。これは一体どういうことなんだろうか。

夜になると、やっぱり不安になる。この薄い扉一枚隔《へだ》てた向こう側に、裸の男がいるわけなのだから。

昨日は無事に夜を越せたけれど、それはあくまでも昨日の話。もちろん、彼が悪い人間だと決めつけているわけではないし、一緒に過ごした感じではむしろいいヤツそうではある。けれど昨日無事だからといって今日も無事であるなんて保証は、どこにもないのだ。

彼が浴室から出て来たら、ちゃんと言わないと。もう約束の一晩はとっくに終わっているのだから出て行ってくれと。

バスルームの扉を見つめ、私が決意を固めたちょうどそのとき。

「バスタオル忘れた」

扉が開いて、シャワーの水滴を纏《まと》った彼が現れた。——もちろん、全裸で。

「——きゃあああああっ！」

私は叫び声を上げ、身体で強引に扉を閉めると彼をバスルームのなかに押しこめた。

ちょっと！　何で何にも着てないのっ!?

私は見てない、私は見てない——と呟《つぶや》いて扉を押さえていると、なかからノックする音が聞こえてくる。

「何もそんなにおどろかなくても」

「おどろくに決まってるでしょ！　急に裸で出てきたりしたら！」

これが彼の自宅ならばそれでも構わない。でも、ここは私の家だ。好き勝手に振舞ってもらっては困る。

「とりあえず、タオルちょうだい。話はそれから」

「っ……！」

私は収納ボックスからバスタオルを取り出すと、バスルーム内を見ないようにしながら扉を開け、それを放りこんでまた閉めた。

すこしして、昨日と同じブルーのプリントTシャツと黒いスウェット姿の彼が、まったく悪びれる様子のない顔で出てくる。それがまた腹立たしかった。

「あなたにはデリカシーってものがないの？」

「そんなことないけど」

「男の裸なんて見せないでよ。ここは私の家なんだから、すこしくらい配慮して」

言いながら、お腹の底からムカムカしたものがこみ上げてくる。

そもそも、彼にはもうこの家にいる権利なんてないんだから！

「だからってそんな過剰な反応しなくたっていいのに」

「過剰？」

「男の裸くらい、あんたくらいの歳なら見慣れてるんじゃゃない？」

背中にひんやりと冷たい感触が走った――ような気がした。

「み……見慣れていようがいまいが、嫌なものは嫌なの！」

けれどそれに気付かないふりをして、負けじと言い返す。

「ふーん。それって欲求不満の裏返し？」

イケメンはまじまじと私の顔を観察するように見つめたあと、距離を詰めてそう訊《たず》ねた。

「興味があるから――シたいって思ってるから過剰に反応するとか、そういうこと？」

続けて、鼻と鼻がくっつきそうな距離でそう追及してくる。

この男、自分の顔が惚れ惚れするほど整いすぎているってこと、わかってるんだろうか？

こんな至近距離で見つめられて、なおかつ恥ずかしくなるようなこと言われたら、頭のなかがグラグラしてしまって……

「欲求不満って、そんなわけないでしょ！　シたいとか思うわけないっ、そもそもシたことなんて一度も――」

そこまで口にして、しまったと思ったけれど遅かった。

私の言葉はしっかり目の前のイケメンに伝わっている。……ああ、やってしまった。

「シたことなんて一度も……？」

彼は目を丸くしている。

「えっと、その……」

こんなの、誰にも話したことないのに！

今すぐ彼の視界に入らないところへ隠れたい気分だった。

恋愛の最終歴が「手を繋《つな》いだり、唇に触れるだけのキスをしたりする程度の清いお付き合い」で終わってしまっている私。元来奔放《ほんぽう》さも持ち合わせていないので、当然、身体だけでもオトナな関係を築き上げた相手はいない。

つまり、そういう経験を積まないまま、ここまできてしまったことになる。

わかってる。これが、非常に由々《ゆゆ》しき事態だということくらい。

けど、タイミングがなかったんだからしょうがない。こういうことは、相手がいて初めて実現できることだ。その相手だって、誰でもいいわけじゃない。

そうなってもいいと思える人――心から好きだと思える男性と、今まで出会えなかっただけ。

誰でもいいから捨てちゃおう、なんて思考よりは随分《ずいぶん》マシなはずだ。

「だったら何よ！　それって悪いこと？」

誰にも知られたくなかったことがうっかり露呈《ろてい》してしまった悔しさで、ヤケになる。

開き直った私は、反抗的に訊《たず》ねた。

「遊んだりするのが性に合わなかっただけ。別に誰にも迷惑かけてないんだし、いいじゃな――!?」

みなまで言い終わらないうちに、強い力で引き寄せられる。……え、何？

いつの間にか、私はイケメンの腕のなかにすっぽり収まっていた。お風呂上がりの彼の身体は、温かいというより熱い。Tシャツ越しに、彼の体温が伝わってくる。

「ちょっと……」

いきなり何するの。動揺する私をよそに、ベッドまで連れて行かれる。

「わわっ」

私をベッドに押し倒した彼が、再び顔を近づけてくる。

「それってつまり、男を知らないってこと?」

「っ、だったら何?」

「いや……それなら俺がゆっくり教えてあげればいいじゃんと思って」

「は?」

「俺が男ってやつを教えてやるよ。遠慮はいらないからな」

彼はそう言って長い睫《まつげ》を伏せ、さらに顔を近づけてくる。

瞬間的に、昨夜の出来事を思い出した。

『受け入れろよ。俺のこと、拾ったんだから』

昨日もキスされそうになって焦ったけど、結局からかわれて……笑われたんだった。

同じパターンが通用するものか。今度はビビッた顔なんて見せてやらないんだから!

距離が縮まるにつれ、昨夜と同じように鼻を掠《かす》めるシャンプーの香り。だけど私は怯《ひる》まない。

ところが――

「んっ……!」

なーんちゃって、を期待していたはずが、直後、彼の唇と私のそれはしっかり重なっていた。

「んーっ……んんっ!」

しかも、彼の舌が私の口腔《こうこう》に侵入し、私の舌を掬《すく》い上げようとしている。

……キスしてる? しかもただのキスじゃなく、いきなりディープキス……!

これって、からかってたんじゃないの? 本気だったの?

頭のなかは大パニックだ。何で? 何で? 何で?

思考という思考が疑問符に支配されている間も、彼は攻撃の手を緩《ゆる》めない。舌先で歯列や唇の縁《ふち》をなぞったりしながら、深く唇を重ねてくる。

こんな激しいキス、したことない。学生のときのキスといえば、なけなしの勇気をふり絞って一秒ですませるような、非常にライトなものだったから。

こちょこちょとくすぐるように口腔《こうこう》を愛撫されると、目の前に星が飛ぶような感覚に陥《おち》った。

こんな風にされたら、変な気分になってしまう。口のなかって、こんなに敏感なんだ。

「はぁっ……」

やっと解放され、酸素不足だった私は大きく息を吸いこんだ。

こんなに誰かの身体の一部が、自分の身体の内側に入ってきたのは初めてだ。

「キスのときは、鼻で呼吸するんだよ」

余裕しゃくしゃくのイケメンから指導が入る。すみませんね、慣れてなくて！

っていうか、何で私が受け入れてる前提の喋《しゃべ》り方なのだろう。

「あのねぇっ……か、勝手にキスなんてしないでっ……！」

「気持ちよくない？」

「っ……！」

反射的に、よくない、とは答えられなかった。

「否定しないってことは、気持ちいいんだろ。なら問題ないよな」

「んっ」

ならばと、彼の唇がもう一度私のそれに触れる。

今度はちゅっ、ちゅっ、と音を立てて、唇を啄《ついば》むような愛撫だ。

艶《なま》めかしい音と感触に翻弄されていると、左胸に彼の手が触れた。

部屋着の緩《ゆる》いワンピースの上に、直前まで洗いものをしていたためにエプロンをつけない。


ている。そのエプロンのコットン生地越しに、やわやわと五本の指で捏《こ》ねるような所作。

問題ないわけないでしょう、と反論したかったけれど、唇が塞《ふさ》がっているために叶わない。

「これ、邪魔だから取るよ」

彼は素早く私の腰のあたりに手を回すと、蝶々《ちょうちょう》結びを解《ほど》き、いとも簡単にエプロンをはぎ取ってしまった。

ワンピースの下は薄いピンクのブラのみ。裾から手を入れ、先ほどと同じように背中に手を回した彼がホックを外す。

そしてワンピースの裾を鎖骨《さこつ》のあたりまで持ち上げられ、ブラとお揃いのショーツが露《あら》わになる。

羞恥《しゅうち》で顔が熱くなるなか、彼に胸の膨らみを確かめるように触れられた。

ホックが外れているので、膨らみに触れるのも、その中心に触れるのもたやすい。彼は親指、薬指、小指で左胸の輪郭をなでながら、人差し指の腹で私の頂《いただき》に触れた。

「んんっ……」

すごい。自分で触れるよりもずっと鋭い刺激が走る。

この歳なのだから、まぁ、自分で弄《いじ》ったことくらいはある。だけどこれは、自分でするのとはまったく違う。他人に与えられる刺激というのが、こんな切ない感覚だなんて。

「こうされるの、気持ちいいんだろ?」

新しい感覚を知ってしまい、私は流されかけていた。だけど頷《うなず》きそうになるのをこらえて、首を横に振る。抵抗しなきゃという気持ちは働くけれど、馬乗りになられて身動きが取れない。

……いや、身動きが取れない、と思いこもうとしているのかもしれない。

心のどこかで、彼の愛撫がエスカレートしていくことを期待する部分があるのは、否定できなかった。

「嘘つくなよ。じゃあ、こうしたら?」

「ひうっ……!」

胸の頂《いただき》に、また知らない感覚が広がる。

彼の唇が、私の胸の先にキスをしていた。一度だけではなく、何度も。ときには舌を出して舐《な》めてみたり、唇で吸い立てたりして。

——この感じ、ゾクゾクする。鼻にかかったような声がもれて、いけないと思ったけれど、どうにもできない。

「ほら、感じてる」

反応を確認して満足したのだろう。彼は、私の快感を煽《あお》る目的で、その行為に没頭する。

感じてる？　……彼の愛撫に、私が？

「ん、はぁっ……ふぅっ……」

声を抑えなきゃいけないのはわかっているのに、身体が言うことをきかない。頭が気持ちいいと判断したのだろう。反射的に普段出さないようなトーンの、エロティックな声が出てしまった。そんなこと、望んでいないのに。

「声、我慢しないで聞かせてよ」

それでも、極力声を押し殺そうとしているのは伝わっているらしい。彼は胸元から顔を上げると、いつもより掠《かす》れた、低めの声で私に告げた。

その言い方が妙にセクシーで、ドキドキする。

「先っぽ、舐《な》めてたら勃《た》ってきちゃった。すごくエロい」

「やっ……」

甘やかな刺激のおかげで、彼の言う通り、私の胸の頂《いただき》は硬く尖っている。愛撫によって赤く、唾液に濡れたその部分は、照明を反射してテラテラと光っていて……それがまた、卑猥《ひわい》な感じだ。

その場所に一度キスを落とすと、彼の指先は胸の膨らみからわき腹、おへそのあたりを通って、腰骨のあたり――ショーツの縁《ふち》に辿《たど》り着く。

おへその真下にリボン飾りがついただけの、薄いピンクのシンプルなショーツ。そのクロッチの部分を、彼は人差し指の先でゆっくりとなでた。

「こっちはもっと気持ちよくなれる」

爪の先で優しく引っかくみたいに、クロッチの部分を前後に往復する彼の指。

胸とはまた違う新しい刺激に、眩暈《めまい》がしそうだった。

「気持ちよくなりたくない？　今よりもっと」

「っ……」

「して、って言ったらすぐだよ。……どうする？」

この男は意地悪だ。私が心底嫌がっていないのをわかったうえで、敢《あ》えて私に懇願《こんがん》させようとしている。

だけど「して」、なんて言えない。

彼氏でもない、ましてや昨日会ったばかりのいまだ名前すら知らない男の愛撫を、自分から望むなんて……。そんなはしたない真似《まね》はできない。

要求を口にすることができず黙りこんでいると、イケメンは私の脚を軽く開かせたまま固定し、つんつん、とクロッチの一部分を突きはじめた。

「ぁんっ……！」

その意図が、私にはすぐにわかった。きっと、感じやすいあの突起があるあたりに狙いを定めているのだろうと。

指の感触が、内部の突起に伝わって切なく響く。何これ、気持ちいいっ……！

「や、ぁっ……」

「これ、気に入った？」

「ちがっ……んんっ！」

認めてしまうと、余計にその場所を攻められそうで怖かった。だけど彼は、そこが気持ちいいポイントであることを確信したのか、執拗《しつよう》に弄《いじ》ってくる。

「突いちゃ……ダメっ……！」

繰り返されればされるほどに、身体の中心に広がっていく快感。

それ以上は理性が利《き》かなくなる。

もっと刺激を欲しがって、何も、考えられなくなってしまう――

「そんな風に可愛く喘《あえ》がれたら、あんたのなかに、挿入《はい》りたくなる」

まさに理性が崩壊する直前。このイケメンからの言葉で、私の頭のなかに発生していた快楽という名の靄《もや》が、すこし晴れた。

私のなかに挿入《はい》る――。それは、彼とセックスをすることに他ならない。

今までそういうつもりがなかったとはいえ、守り続けてきた貞操《ていそう》を、正体を知らない彼相手に捨てるということだ。それも、なし崩し的に、不本意な形で。

そんなの、いけない。絶対にいけない――間違ってる！

「だ――ダメっ……!!」

私はありったけの力をこめて脚をつっぱらせ、彼の胸を押した。すると、まさかここで抵抗されるとは思っていなかったのか、彼が怯《ひる》む。

逃げるなら今しかない！

滑《すべ》り落ちるみたいにしてベッドから下りて、バスルームに逃げこんだ。

扉を閉めた後に、そういえばここの鍵って壊れてたんだと思い出して震えるけれど、イケメンは追ってこなかった。

扉の向こう側に気を配りつつ、衣服を整え、タイル張りの床に座りこむ。

たった数分の出来事が、走馬灯《そうまとう》のように駆け抜けていく。

『俺が男ってやつを教えてやるよ』

いやいや、教えてくれなくたっていいんだってば！

何が『女には困ってない』よ。『襲うことはない』よ。嘘っぱちじゃない！

……困ったことになってしまった。一晩だけと契約した偽彼氏は家を出て行く気配がなく、男を教えるとかもっともらしいことを言いながら襲ってくる始末。

そして何よりの問題は、そんな彼になぜか心惹《こころひ》かれ、本気で強く追い出せずにいる自分だ。

私は、悪い夢でも見ているのだろうか？　一昨日まで、私を取り巻く世界は至って平和だったはず。

夢なら早く覚めて！　そして、私の平凡な日常を返して！

音にできない叫びは、私の脳内を空《むな》しく通りすぎていくだけだった。

5

――週明け月曜日。

「んっ……」

午前六時にセットしたスマートフォンのアラーム音が、私を目覚めさせた。

「おはよう、一華」

眠い目を擦《こす》りながら解除したところで、キッチンの前に立った男が振り返って言う。

「……おはよう」

その端整な顔を見つつ、まだ半分は眠った頭で「ああやっぱりこれが現実なのか」と確認する。

「もうすこしで食事ができるから、支度でもしてて」

「わかった」

彼の言葉に従い、バスルームへ向かう。そこで洗顔、メイクなどをすませて部屋へ戻ると、ローテーブルの上にはハムエッグとお味噌汁《みそしる》、それに炊き立てのご飯が配膳してあった。

「美味《おい》しそう」

「ひとり暮らしが長かったんだ。そこそこのできだろ」

なるほど、作り慣れているということか。ハムエッグは焼き加減がちょうどよく、お味噌汁《みそしる》の具材である豆腐と油揚げも綺麗かつ均等な大きさに切ってある。小口切りにしたネギを添えてあるのも、ポイントが高い。

「いただきます」

早速頂いてみる。まずはお味噌汁《みそしる》から。……うん、美味《おい》しい。

「ねえ、本当にうちに居座るつもり？」

「もちろん」

ハムエッグにお醤油《しょうゆ》をかけながら訊《たず》ねると、向かい側に座った彼がためらいなく答えた。……あーあ。当分は出て行かないつもりだな、これは。

『男を教えてやる』発言の土曜の夜、バスルームに逃げこんだ私は、一睡もできなかった。そこで日曜に、どうにかこの男を追い出そうと試《こころ》みたのだ。けれど彼は、聞く耳をまったく持たず。戸塚に疑いを抱かせないためにはもうちょっといたほうがいいだの、風邪を引いたような気がしないでもないだの。なんのかんの理由をつけて居座り続けた彼を、昨晩も泊めなくてはいけない事態になってしまった。

自己中だし勝手だし手を出してくるしで、本気で交番に駆けこもうかとも考えた。けれど、できなかった。すでに二晩も自宅に泊めているのだから説得力がないだろうと思ったし、トラブルが変な形で会社に伝わってよくない噂が流れても困る。

ベッドと床にわかれて寝ることを条件に、昨晩は就寝したのだ。幸い、ちょっかいを出されることもなく、こうして何事もなく朝を迎えることができた。それに寝る前に彼は、「明日の朝食は俺が作るから」なんて気の利《き》く発言もしてくれた。忙しい朝に家事をしてくれるのは助かるので、毎朝こうなら、彼を置いておくのもマイナスばかりじゃない。そんな風に考えたりもするようになっていた。

ただ――

「ひとり暮らしって、どこでしてるの？　都心？　それとも郊外？」

「どうだったかなー」

「自分のことでしょ。家族は？」

「六人くらいいいたかもしれないし、ずっとひとりだったかもしれない」

「せめて名前くらいは教えてくれる？　じゃないと、不便だし」

「呼びたい名前で呼んでいいよ。それに合わせるから」

秘密主義がすぎるこの男は、自分の個人情報が知られる発言は一切しない。どうやら思うところがあって、何も明かさないと決めているようだ。

「名前も教えてくれないなんて、何かマズい仕事でもしてるの？」

「さあね。あ、でも一応言っとくと、捕まるような悪いこととかセコいことは何もしてないから、安心して」

そんなの当たり前だ。「安心して」なんてドヤ顔で言う内容じゃない。

苛立ちから、ハムエッグの黄身の中心を箸《はし》で突き刺す。中身がとろりと溢《あふ》れた。

「どうしても名前を言わないっていうなら、もうゴンベで確定しちゃうよ」

便宜上、昨日は一日そう呼んでいた。もちろん由来《ゆらい》は、名無《なな》しの権兵衛《ごんべえ》。

「そう呼びたいならどうぞ」

「呼びたいとは思ってないけど、他に思いつかないし」

その人に似合う名前を考えるのって、結構難しい。

私はすでにこのゴンベから、ネーミングセンスをバカにされているので――公園の猫の『アメリ』のことだ――どうにも考えづらいというのもある。

「じゃあいいんじゃない、ゴンベで」

「よくないでしょ」

私の家に居座る限り、ずっとゴンベが自分の名前になってしまうなんて、抵抗はないんだろうか。そんな類稀《たぐいまれ》な綺麗な顔をしておきながら。

「俺は別にこだわらないから」

そう答える彼の表情に嘘はなさそうだった。本当に、何でもいいと思っているのだろう。つくづく変わっている。

「ダメ、私が呼ぶのに落ち着かないもの。……そうだ、カイはどう？」

「カイ？」

「一昨日観た映画の。ヒロインの相手役の謎の男の名前、カイだったでしょ」

『ラブリー・ストレンジャー』だっけ。あの映画も、突然現れた知らない男と過ごす物語だった。立場的には同じだろう。

「呼びやすいなら、それでいいよ」

「なら、カイね」

できれば本当の名前を教えてくれるのが一番なのだけど、とりあえずあきらめることにした。ここ数日過ごして、彼が、言う気がないことは絶対に話さないタイプだとわかったからだ。

「……そうだ、弁当作るなら早く食べちゃいなよ。時間なくなる」

「そうだった」

ゴンべ改めカイが、味噌汁《みそしる》を啜《すす》って言う。

「弁当くらい、作ってもよかったのに」

「ううん。できるだけ自分で作りたいし、ほぼ毎朝のルーチンだから、やらないと変な感じするの」

朝食を作ると申し出てくれたとき、彼は私がお弁当派であることを知って、それも用意してくれようとしたのだ。

けれど私は、それを丁重に断った。自分で食べるものだし、何となく自分で用意しないと調子が出ない気がして。

カイが炊いておいてくれたご飯をお弁当箱の下段に入れて冷ましつつ、上段にはレンジでチンした冷凍食品の三点盛り。本当に、冷凍食品って便利で助かる。

「ねえ、カイは今日出かけるの？」

蓋をする前に、ふと、家の鍵をどうするかということが頭を過《よぎ》った。

うちのマンションは全室オートロックなので、出て行く分には構わない。

入居の際、鍵は二本もらっている。だから一本余ってはいるけれど、彼に預けるのはさすがに無理だ。

……出かけない場合はこの部屋にずっと留まることになるのだから、一緒なんだけれども。

「仕事に行く予定」

「それってどんな仕事？」

「うーん、まあまあ疲れる仕事かな」

「仕事って大体疲れるものでしょ」

まったくもう、真面目《まじめ》に答える気なんてこれっぽっちもないんだから。

こんな怪しい男、今すぐにでも追い出してやりたいと思うのに、どうしてか、それができないでいる。

ひとり暮らしの寂しさが、彼といることで紛れているからなのだろうか？

それとも、昔憧れていた天才ピアノ王子の面影を彼のなかに見ているから？

カイが自宅に居座ろうとするのを嫌がってみせつつも、心のどこかではそれをよしとしている自分がいて、私は混乱しているのだ。

変な私。こんな状況、どう考えても普通じゃないのに、妙な居心地のよさがあったりして——彼の出入りの心配までしている自分が滑稽《こっけい》に思える。

「鍵をね、どうしようかなと思って訊《き》いたの。私が仕事から帰って来る間に戻るようなら、考えなきゃなって」

「ああ、鍵はいいよ」

カイはハムエッグを頬張りながら答える。

「俺のほうが早く終わりそうだし、仕事のあと、猫のいるあの公園で待ってる。そしたら、合流できるんじゃない？」

「それでいいの？」

「ああ」

他人の家に強引に住みこむことはできても、鍵を受け取るのは悪い気がする、という意味か。

矛盾してる気がするけど、それが彼なりの思いやりなのだろうか。境界線が謎だ。

とはいえ鍵を渡さなくてすむならそれがいい。まだ完全にカイを信用しきっているわけではないし――信用していない人間を家に置くな、というのが正論なのは、私もわかってる――外で待ち合わせができるなら、それが一番だ。

「なら、行けそうな時間がわかったら連絡するから、スマホの番号教えて。それくらいならいいでしょ？」

私が言うと、カイは快く応じた。連絡先くらいはお互いわかっておかないと、不便でしょうがない。

「おっと、こんな時間か。着替えて出る支度しないと」

「それなら、俺も出るよ」

バスルームで手早く着替えると、お弁当を通勤バッグに詰めこんで、カイとともに家を出る。毎朝ひとりでエントランスまで下りていたエレベーターに、彼の姿があるのは変な気分だ。

「それじゃまた夜にね」

「ああ、またあとで」

駅の方向に向かって歩き出す私と、それとは逆の住宅街に向かって歩き出すカイ。

そっちには、バスの停留所がある。バスに乗るつもりなのだろうか。

というか、黒いTシャツにジーンズ、赤いスニーカーという、あの雨の日のままの軽装で、仕事道具らしい持ち物も何も持っていないようだけれど、大丈夫なのだろうか？

私は、しばらく彼の後ろ姿を眺めていた。

■□■

会社にはすでに、私に彼氏がいるという噂が流れていた。

出所はひとつしかいない――。そう、戸塚だろう。調子のいいアイツのこと。あれだけ落ちこんだあとに、これはニュースとばかりに言いふらしたに違いない。

それが狙いだったから別にいいのだけど、まさかランチまでのわずか数時間で、自分の部署全員に伝わっているとは思わなかった。

「瀧川先輩、水くさいじゃないですか～」

この間結婚宣言をしたばかりの理穂ちゃんが、忍び笑いでやってくる。

「いつの間に彼氏さんができたんですか？　あれほど、男の人なんて興味ないーって言ってたのに」

「その話、わたしも聞きたかったー」

「しかも超イケメンって本当ですか？」

理穂ちゃんの声は高くてよく通る。それを聞きつけて、経理部の後輩社員の優衣《ゆい》ちゃんと雅恵《まさえ》ちゃんも話を聞こうと、私のデスクに寄ってきた。……他部署にまで伝わっているのか。

この子たちは普段、外に食べに行っている組のはずだけど、今日は違うらしい。手に、購入したお弁当の入った袋をさげている。休憩時間中に、私から話を聞きだそうというわけだ。

彼女たちは、フロアを区切るパーティションの向こう側にある休憩スペースに私を連れ出した。

そして、私を囲むように円形のテーブルに着席しながら、

「いろいろ訊《き》かせてもらいますからね！」

と口々に宣言する。

その勢いに押されつつ、私も用意してきたお弁当を広げた。

「その人って、いくつくらいなんです？」

訊《たず》ねたのは理穂ちゃん。……そういえば、カイの年齢ってどれくらいなんだろう。そんなにいってる感じでもないし、きっと私と同じかすこし上くらいだよね……？

「私と同じくらい、かな」

「じゃあ二十八、九ってことですよね」

「……多分」

「お仕事は何してる人ですか？」

次に訊《たず》ねたのは優衣ちゃん。それは私もかなり気になってるところだ。スーツを着る感じの仕事じゃないってことは……

「オフィスで働いてるタイプではないよ」

「自営されてるんですか？」

「……かも」

会社勤めをしている私からすると、私服でできる仕事っていうのが、すぐには思いつかなくて焦る。

「名前、何て呼んでるんですか？　彼氏さんのこと」

雅恵ちゃんの質問にになら、何とか答えられそうだ。

「カイ、かな」

「カイさんっていうんですか？　変わった名前ですね、どんな漢字です？」

「えっと……」

言われてみればあまりファーストネームでは聞かない名前か。うーん、どんな漢字を当てれば一般的なんだろう、映画ではどうだったかなんて、忘れちゃったし……

「……もしかして、わからないんですか？」

沈黙の長さに痺《しび》れを切らしたらしい雅恵ちゃんが、小さく訊《たず》ねた。

答えられない以上、頷《うなず》くしかない。

「……」

これには一同が静かにおどろいた。

「あ、あだ名みたいなものなの。共通の仲間うちで呼ばれてる名前、っていうか」

私が慌ててごまかすと、みんなは多少、納得したような反応を見せた。

——疲れる。私って本当にカイのことを何も知らないんだ。

訊《き》かれたことのどれに対しても、きちんと答えられていない。あれこれ訊いてみようとテンション高めだった三人からも、このまま質問を重ねていいのかわからない、といった雰囲気をすこし感じる。

「写真、ないんですか？　彼氏さんの」

理穂ちゃんがめげずに訊《たず》ねる。

「わ、見たいです見たいです！」

「戸塚先輩がおどろくくらいのイケメンって、どんな感じが気になります～」

残りのふたりも、そこに一番興味があるのだろう。

「写真……写真、ね」

だがしかし――彼氏のふりをしてもらっただけのカイの写真なんて、持っているはずもない。

「それが、ないんだよね」

「えー……あ、そうなんですか」

明らかに三人のノリが悪くなった。優衣ちゃんと雅恵ちゃんは目くばせをして、それ以上口を開かなくなる。

まずい。これは、私が嘘をついてるのではと疑いはじめているサインだ。

この時代、レンタル彼氏とかいうサービスもあるって聞くし、そういうのを使って見《み》栄《え》を張ったんじゃない？　なんて思っているのかもしれない。

私みたいに、これまで浮いた話が一切なかったようなタイプであれば、余計にそうだろう。

せっかくカイを一晩泊める――どころか、もはや住まわせてまでも、偽彼氏という免罪符を手に入れたと思ったのに、これでは意味がない。何とか信じさせなければ。

「まだ付き合いはじめたばっかりなんだよね。だから、写真も撮れてないし、知らない部分が多いんだ。細かいことなんて気にならないくらい信頼してるし、それは全然いいんだけど」

嘘がバレないようにと意識するあまり、早口になってしまう。私はさらに続けた。

「写真、今度撮るから、そしたら見せるね」

この一言が効いたのだろう。

「え、本当ですかぁ？」

疑わしそうな表情を見せていた優衣ちゃんが、パッと明るくなる。

「楽しみですー。絶対見せてくださいね」

同じく雅恵ちゃんも声を弾ませて言った。

……やれやれ。どうにかごまかせたみたいだ。よかった。

今日あたり、さっそく写真を撮らせてもらおう。見返りなく家に置いている今、彼も断ることはあるまい。

「わかります、その感じ」

ふいに、理穂ちゃんが柔らかい笑みを見せた。

「運命の人だーって思うと、本能的に信じちゃう感じ。わたしもカレに対して、そうだったから」

カレとは、婚約を交わしたという男性のことだろう。

「え、そうだったの？」

「言葉や情報がなくても通じ合う、みたいな？」

優衣ちゃんと雅恵ちゃんはまだ未婚。婚約に至った理穂ちゃんの言葉は重く感じられるのだろう。

「うん。……先輩、運命の人に会えたんですね」

理穂ちゃんは彼女たちの問いかけに頷《うなず》いてから、確信めいた口調でそう言った。

「――そうだといいな」

運命の人どころか、カイとは契約を交わしただけの、仮の彼氏。何だか彼女たちをだましているようで申し訳ないような気もするけれど、背に腹はかえられない。

複雑な気持ちで相槌《あいづち》を打ちながら、私にもいつかそういう人が現れるのかな、なんて思った。

言葉や情報は二の次で、心と心で通じ合う。そして、本能的に信じることができる相手。そんな人が。

それは一年後？　二年後？　五年後？　……はたまた、十年後？

いつでもいい。そんな奇特な人がいるのなら、私の前に現れてほしい。そんな風に思える相手に、出会ってみたい。

そのとき、デスクの上に置いていたスマホが震えた。操作をすると、メッセージアプリが起動する。

『夕方には仕事が終わるから、予定通りあの公園に向かう』

誰かと思ったら、カイだった。朝、彼と連絡先を交換したので、メッセージアプリで連絡がきたのだ。

「彼氏さんですか？」

画面に目を落とした私に、理穂ちゃんがそう訊《き》いた。

「うん、まぁ」

「ラブラブそうで、いいですね」

内容は至って普通な事務的連絡なのだけど……そういうことにしておこう。

私はラブラブ要素皆無《かいむ》な「了解」という短い返信をしたあと、スマートフォンを伏せた。そして、休憩時間が終わるまでの間、代わる代わる投げかけられる彼女たちの質問に答え続けたのだった。

■　□　■

「お疲れ」

仕事が終わり、待ち合わせしていたアメリのいる公園に向かった。到着したそこで、土管のトンネルの上に腰かけていたカイがひらりと手を上げる。

その横にはアメリがちょこんと座って、私をじっと見つめ——たのはほんの一瞬。彼女はすぐにカイのほうへ顔を向け、ごろんと身体を横たえる。

……アメリも女の子だなぁ。私よりカイがいいなんて。

「すっかりなつかれちゃったんだね」

「何が？」

「アメリ。あなたのほうが気になるみたい」

いつもなら、私が通りかかったと知ると近くに寄って来るのに。隙《すき》だらけの体勢でくつろぐなんて、よほどカイの傍《そば》がいいらしい。

「まだ二回目だけどな、会うの」

「にゃあ」

同調するみたいに鳴くアメリ。……くっ、息もぴったりなんて、腹立たしい。

「仕事、終わるの早かったんだね」

「うん、今日は」

カイがアメリの額《ひたい》をなでながら頷《うなず》く。アメリは気持ちよさそうに目を閉じ、至福のときとばかりに彼に身を委《ゆだ》ねている。

「……それ、何？」

ちょうど彼の赤いスニーカーの足元あたりに、見慣れないバッグを見つけた。

黒い革のボストンバッグ。荷物なんて持っていなかったはずなのに。

「これ、俺の荷物。駅のコインロッカーに預けてあったのを取りに行ってた」

「中身、何が入ってるの？」

「普通に、着替えとかそういうの」

「もしかして、家出してるとか」

最低限の荷物を持って家を飛び出した――なんて身の上だったとしたら、宿がないのも頷《うなず》ける。

「家出って歳でもないだろ」

当てる気まんまんで言ったのに、カイにあっさり笑われてしまう。……何だ、違うのか。

「えー、じゃあなんでコインロッカーに荷物なんて預けてるのよ。もしかして旅行中？」

めげずに次の可能性を探してみる。けれど。

「普通に仕事行ってるのに？」

それもそうだ。週末はうちで私と過ごし、今日は仕事と言って外出していた。

……うーん、難しい。

私はやっぱりカイのことを何も知らない。

理穂ちゃんたちと話したときにもそれを強く感じたけれど、本人を目の前にすると、その事実がより浮き彫りになる。

たとえばカイが明日の朝突然いなくなったとして、私は、彼を探し出すことなんてできないのだ。

名前も、住所も、年齢も、職業も、何もかもが不明。辛うじて電話番号はわかるけれど、そんなものはいつでも手放すことができるから、ほぼ手がかりにはならないだろう。

彼がいなくなれば、あの雨の日に彼を拾い、翌日映画を一緒に観て、ご飯を食べて、強引に迫られて——なんて出来事は、私の記憶のなかにしか存在しなくなる。

それらすべてが夢だったかのように、跡形もなく消え去ってしまうのだ。

「何ムスッとした顔してんの」

カイは土管から下りると、私の両頬を軽く抓《つね》った。

「いひゃい——ちょっと！」

私が怒ると、彼はおかしそうに笑って「悪い、つい」と謝った。

「つい」って何だ。「つい」って。

こんなに不確かな関係なのに、出会った初日から比べると、ふたりの間の空気は格段にやわらかくなっている。

生活のなかに突然入りこんできた彼を、受け入れつつある自分がいる。不思議だけど。

「腹減ったな」

思い出したように口にするカイ。

またそれか。この男、二言目にはそれだ。

「──今日は何かガッツリしたもの食べたい。揚げ物とか」

「揚げ物？　そんな手間のかかるの勘弁してよ」

準備や後片付けを想像するだけで疲れる。

「どうせひとりだったら作らないメニューだろ。ちょうどいいじゃん」

だけどカイは悪びれずに主張してくる。

「ちょうどよくない。何で作ってもらう側が偉そうなの」

まったく、気ままなこと言ってくれちゃって。自己中なんだから。

──結局その日のメニューは、カイの寄り切り勝ちでエビフライになった。

エビにパン粉をまぶしながら、そういえばひとり暮らしをはじめてから、揚げ物を作るのはこれが初めてかも、と気付いた。

6

カイが自宅に居座りはじめて、二週間が経つ。

まるでアイスコーヒーのグラスに注いだガムシロップのように、カイは私の暮らしのなかに自然にまざり合い、溶けこんでいった。

朝六時、私を起こすのはカイの仕事だ。

「一華、起きて」

彼は必ず私よりも早く目覚めている。彼の寝床はベッドの下なので、寝心地が悪いせいかと訊《き》いてみたけれど、そういうことではないらしい。

カイの優しく語りかけるような声で目覚めたら、洗顔やメイクをすませる。それから朝ごはんを作るのは、私の仕事。

「今朝は焼き鮭と、ご飯にお味噌汁《みそしる》ね」

六時半には、ローテーブルで向かい合って朝食。

私のブルーのTシャツを着た彼の姿も、だいぶ見慣れた。ニュース番組の時事ネタに突っこみを入れたりしながら十五分程度で食べ終わり、そこから私はお弁当作りへ。

昨日の夕食の残りの肉じゃがや、小松菜《こまつな》のお浸《ひた》しなどを詰め終わると、通勤着に着替える。

「そろそろ私、出るね。カイは？」

「今日はもうすこしあと」

カイの出勤時間はまちまちだ。今日のように、私より遅く出て行くこともあれば、早いこともある。平日が休みのときもあるし、休日に出勤していくことも。いつの間にか私は、カイを部屋にひとり残しても大丈夫になっていた。

何の仕事をしているのか訊《き》いてみたりもしたけれど、まともな答えは一度も返ってきていない。この間なんて、「アラブの石油王」だなんてふざけた回答をされたものだから、思いっきりデコピンしてやった。嘘をつくにしても、もっとリアリティのあるものにしてほしい。

「一華」

そろそろ家を出よう。蓋を開けて冷ましていたお弁当箱を入れようとした私を、カイが呼び止めた。

「何？」

「俺、帰りもだいぶ早いはずだから、先に買い物しておこうか」

「本当？」

それはありがたい申し出だ。帰りにスーパーに寄る時間が省《はぶ》ければ、早めに夕食の準備に取りかかれる。

「必要なものをメモしておいてくれれば、それ買って公園に行くわ」

「わかった、ちょっと待って」

私はバッグに手を入れて、メモ帳とボールペンを取り出した。

今夜は何にしよう。昨日は和食だったから、今日は洋風かな。それとも中華?

カイは麺類が好きらしい。炭水化物に目がないんだそうだ。

せっかく買い物に行ってもらうなら、カイの好きな献立にしてあげようかな。

私はメモ帳に、買ってくる食材の名前を走らせる。

「そのペンさ」

私が握っているボールペンを示して、カイが言う。

「前から思ってたけど、気に入ってんの?」

「これ?」

手のなかのボールペンを改めて眺める。

クリップの部分が音符のマークのようにデザインされているそのペンは、かつてピアノ教室に通っていたとき、その教室が十周年を迎えた記念にもらったものだ。自分の物持ちの良さに感心する。

記念品ではあるけれど、デザインの可愛らしさや胴軸《どうじく》の高級感のおかげもあり、リフィルを交換しながら使い続けてきた。かなり長く使っていて、愛着が湧いている。

「前から」とカイが言ったのは、雨の日の公園でバッグを落としたとき、拾ってもらったペンがこれだったからだ。

「うん、そんなとこ」

習い事教室の記念品なんて、こんなのどこで使えばいいんだと文句を言いたくなるアイテムが多いけれど、これは非常にアタリだった。

わざわざカイが訊《たず》ねてくるということは、目を惹《ひ》く珍しいデザインなのだろう。確かに、こういう凝《こ》ってる形って、あまり見ないかもしれない。

「これが買ってきてほしいものね」

メモを破り、カイに手渡す。

そうこうしているうちに、家を出る時間になってしまった。

「もう行かなきゃ——じゃあそれ、よろしくね」

私はメモ帳とボールペンをバッグに押しこむと、駆け足で家を出た。


距離感は縮まったものの、相変わらず彼は謎だらけだ。

私の彼への理解度を何かにたとえるとしたら、ドーナツだろう。

日々の生活のなかで、嗜好《しこう》や興味・感心に関する情報は得る機会があるけれど、彼の主要な部分を構成する情報はまるで得られない。

彼が寝ているとき、彼の謎を知るための唯一の手がかりであると思われるボストンバッグの中身を調べようかと手を伸ばしたことがあったけれど、ギリギリで思い留まった。

カイの正体を知りたいという気持ちはあるけれど、彼に無断で調べるというのは、何か悪いような気がしてしまったのだ。

いや、家によくわからない男を置くほうがよっぽどこわい。自分でもあぶないことだと自覚はしている。

でも、根拠なんかないけど、カイなら大丈夫だと思えた。

彼が傍《そば》にいることで、私に悪い影響はないような気がする。

ちょっかいを出されたのも、バスルームに逃げこんでことなきを得たあの一回だけで、それからは私を襲ってくることもない。――私ってそんなに異性を感じさせないのかと、心配になるくらいだ。

出社して、仕事して。終わったら、アメリのいる公園で待ち合わせる。

合流したら、すこしアメリを構って、スーパーに立ち寄り、その日の夕食の買い物をすませて自宅に帰る。

そんな生活リズムが定着し、私がカイに対して完全に油断しはじめたころ。思いがけないハプニングが起こった。

■□■

きっかけは、その日のお昼休み。

「あ、しまった」

トートバッグからお弁当箱を取り出そうとしたものの見当たらず、小さく叫ぶ。

そうだ。今朝、お弁当をしまおうとしたときにカイに頼む買い物のメモを書きはじめたから、入れ忘れたんだ。

……仕方ない、買いに行くか。

デスクの椅子から立ち上がった瞬間、スマートフォンに着信があった。

発信元は——え、カイ？　電話なんて珍しい。

「もしもし、どうしたの？」

「今どこ？」

私が声を潜《ひそ》めて応答すると、彼の声が返ってきた。

車の音が聞こえるから、おそらく外にいるのだろう。

「どこって、会社に決まってるでしょ」

「そっか。じゃ、エントランスまで出てきて」

「えっ？」

「弁当箱忘れただろ。近くに寄ったから、届けるわ」

「あ、ちょっ――」

私が言い終わらないうちに、ブツッと電話が切れる。

今から行くなんて言っていたけど、カイは私の会社の場所なんて知らないはずだ。

というか、どういう会社で働いているかも知らないはずだし、訊《き》かれたこともない。

「先輩――瀧川先輩っ！」

スマホを耳にあてたまま首を傾げていると、エレベーターに続くエントランスから、理穂ちゃんの興奮した声が聞こえた。

このフロアは我が社の運営管理部と経理部の島。その島全体に、彼女の声が響くくらいのテンションだ。

そちらに視線をやると――彼女のすぐ後ろに、見慣れすぎてありがたみを感じなくなりつつあるスーパーイケメンの姿があった。

「あっ！」

もちろんカイだ。私はつい叫んだ。

そして、ふたりの傍《そば》に駆け寄る。

「一華、ほら、持ってきた」

カイはにっこりと笑って、手にしているランチバッグを振ってみせる。

「――せっかく作ったのに、忘れていくなんて。ドジだな」

「ば、バカっ」

カイの発した言葉に、身体中に嫌な汗がぶわっと噴き出すのがわかる。

作ったお弁当を忘れていったことがわかる――つまりカイは今、私と一緒に住んでいると暴露したことになるのだ。

それが会社の皆に伝わるのは、非常にきまりがわるい。

私と彼が付き合ってること、それ自体は知られても構わない。むしろ知られたほうが好都合だ。

けれど、同棲しているとなれば、話は変わってくる。一緒に暮らしているなら、ただ単に交際中というだけのカップルよりも、一段階上。結婚というワードがかなり現実味を帯びてくる関係だ。

「入籍しないの?」とか「結婚式はいつなの?」なんてしつこく訊《き》かれるハメになるかもしれない。

私にとって必要だったのは、彼氏がいる、ということだけ。それ以上は求めていなかったのに――

「ランチ行こうと思ったら、エレベーターの前で瀧川先輩のこと訊《き》かれたんです。この方が、噂の彼氏さんですよね？」

理穂ちゃんが訊《たず》ねる。私を探しているイケメン、という要素でピンときたらしい。

「ち、違うの——あ、兄なの！　兄！」

彼氏と同棲中という設定を受け入れられない私は、咄嗟《とっさ》にそう言った。

「え、お兄さんですか？　彼氏さんじゃなくて？」

当然、理穂ちゃんは困惑している。私とカイとを見比べて、首を傾げた。

「その割には、あまり似てないような」

「よく言われるんだ。あは、あはは……」

乾いた笑いをこぼしながら、私はギロッとカイを睨《にら》む。……言外に「ここは合わせてよ」という意味をこめて。

カイは意味深な表情を浮かべたものの、とりあえず黙ってくれている。あとは、戸塚がこの空間にやってこなければやり過ごせるはずだ。

戸塚はすでにランチを取るため社外へ出たはず。ならば、早いとこカイを追い返そう。

「あっれー、何騒いでんの？」

——なんて思いは、戸塚の登場によって打ち砕かれた。

出て行ったんじゃなかったのか……

「戸塚先輩～」

「あれ、あなたは……」

理穂ちゃんが呼びかけた直後、戸塚がびっくりした声を上げつつ、わたしたちのところまで歩み寄ってくる。

「瀧川の彼氏さんですよね～。先日はどうも」

「どーも」

会釈《えしゃく》する戸塚に、笑顔で応対するカイ。……もうだめだ。

「今日はどうしたんです？」

「一華が弁当忘れたんで、届けに来ました」

「へぇー、弁当を！」

戸塚がひどく意外そうな表情をする。

「ってことは、えっ、同棲してるってこと!?　マジかよ、瀧川結構やるな～、いつの間にか一緒に住んだりして！」

「ち、違っ……！」

「違わないだろ。わざわざ届けに来てくれるなんて、めっちゃラブラブじゃん」

からかい口調で面白おかしく言う戸塚の声に、周囲の人間も何だ何だと寄り集まって来る。

「え、その方が瀧川先輩の彼氏さんですか？」

「きゃ〜、本当にカッコいい！」

経理部の優衣ちゃんと雅恵ちゃんが、後ろのほうから声をかけてくる。

「瀧川先輩、やっぱり彼氏さんだったたんじゃないですか〜。なんで嘘なんてついたりしたんです？　照れちゃったんですか？」

理穂ちゃんなんて、私が照れ隠しでそう言ったのだと勘違いして煽《あお》ってくる。くっ、違うのにっ……！

「一華は照れ屋の恥ずかしがり屋だからな」

すると、カイはさも知ったような口ぶりでそう言い、ランチバッグを私の手に押しつけるようにして持たせた。

「でも、俺が彼氏だってことは隠さなくてもいいんじゃない？　……はじめまして。一華の彼氏です。いつも一華がお世話になってます」

そして、私を諭《さと》すように言葉を投げかけたあと、カイは周囲の面々に丁寧に挨拶《あいさつ》をする。

「いえいえ、こちらこそ！　瀧川先輩にはお世話になってます！　最近、彼氏さんができたって話は聞いていたので、お会いできて嬉しいです。……ねっ？」

最初に受けたのは理穂ちゃん。優衣ちゃんや雅恵ちゃんに同意を求めると、彼女たちも大きく頷《うなず》く。

「いつから一緒に住んでるんですか?」

「二週間くらい前かな」

「同棲を切り出したのって、瀧川先輩ですか? それとも彼氏さん?」

「俺だよ。もともと一華の住んでるマンションに同居させてもらう感じで、そのまま」

彼女たちの質問に、淀みなく答えるカイ。

その内容はすべて真実だ。前提である、私たちが恋人同士であるという点さえ除けば。

「でも、不思議だなー。あなたみたいないい男が、瀧川と付き合ってる、なんて」

和《なご》やかな雰囲気にもかかわらず、戸塚が首を傾げながら、とぼけた口調で水を差す。

「瀧川よりもいい女、あなたなら捕まえられそうですけどね~」

この男……!

「あのねぇ――」

苛立ちのままに言い返そうとすると、私の代わりに優衣ちゃんが戸塚をキッと睨《にら》んだ。

「ちょっと戸塚先輩、そういう言い方って酷《ひど》すぎません?」

優衣ちゃんからすれば戸塚は他部署の先輩だけれど、この際、そんなことはどうでもいいようだ。

「あ、いや……」

他の女の子のあからさまに厳しい反応に、戸塚は肩を竦《すく》ませて怯《ひる》んだ。

彼を黙らせた優衣ちゃんは、仕切り直すような笑顔をカイへ向けた。

「で、彼氏さんは、瀧川先輩のどんなところが好きなんですか？」

「わ、それ訊《き》いてみたい！」

その質問に、雅恵ちゃんも乗っかる。

「そ、そういうのはいいじゃない」

嘘といえども、こういう状況は苦手だ。面映《おもは》ゆくて、どうしていいかわからなくなる。

やんわりとふたりを制するも、ふたりは「いいじゃないですかー」なんて言って引き下がる気配はない。

「好きなところ――そうだな」

カイは二重《ふたえ》の目でじっと私を見据えた。

「いっぱいあるよ。料理が得意なところとか、人や動物に優しいところとか、そのくせ負けず嫌いなところとか。でも、本当は他の人には教えたくないんだ。一華のいいところは、俺だけがわかってればいいんだし。そのほうが、誰にも一華を取られないしね」

彼は台詞《せりふ》の頭からお尻まで、私からすこしも目を逸《そ》らさずに言ってのけた。

……顔が熱い。あまりにストレートで歯が浮くような甘い言葉は、聞いているこっちが恥ずかしくなる。

「きゃー、今の聞いた？」

「誰にも一華を取られないし、って。愛されてるんですね！」

「別にっ……」

「もう、また瀧川先輩、照れちゃってる」

三人にやいのやいのと囃《はや》し立てられ、本当に困る。

「全然隙《すき》がなくて、つまらない」

私たちのやり取りを横でしおらしく聞いていた戸塚は、そう呟くとムスッとした表情でトイレのほうへ歩いていってしまった。

私に彼氏がいたのがよっぽど気に食わなかったんだな。悔しいのはわかるけど、変につっかからないでほしい。

「みなさんの邪魔しても悪いんで、俺はそろそろ失礼しますね」

「えーもう帰っちゃうんですか？」

「どうせなら、瀧川先輩と一緒に食べていけばいいじゃないですか」

残念がる優衣ちゃんと雅惠ちゃん。

「これから用事があるんで。これからも一華のこと、よろしくお願いしますね」

そんなふたりに微笑を浮かべつつ、彼はもう一度頭を下げて颯爽《さっそう》と去って行ったのだった。

「瀧川先輩、いい感じの彼氏さんですね」

カイがいなくなったあと、理穂ちゃんが嬉しそうに言った。

「羨《うらや》ましいです。あんな彼氏さん、わたしもほしいなー」

「彼氏さんが瀧川先輩のこと大好きなの、すごく伝わってきましたよ」

女の子たちには好印象だったようだ。理穂ちゃんを加えた三人が、カイの外見や様子を振り返りながら、口々に褒《ほ》めてくれる。

「わざわざお弁当を届けてくれる素敵な彼氏さん、大事にしてくださいねっ」

理穂ちゃんの言葉に、私は受け取ったランチバッグを改めて見た。

本当の彼氏じゃないカイが、わざわざ届けてくれたお弁当――

私はそのお弁当を持ってフロア内に戻ると、早速休憩スペースに向かった。

■□■

「どうしていきなり会社に来たりしたの」

会社終わりの待ち合わせ。公園の土管にぼーっと凭《もた》れるカイの前に仁王立ちした私は、詰問《きつもん》口調で訊《たず》ねた。

アメリの姿はない。カイのことを気に入っているのか、最近は毎日のように見かけたのだけれど、今日は自分のおうちでゆっくりディナーを楽しんでいるのかもしれない。

「何で？　まずかった？」

「普通にまずいでしょ。私、あなたを家に置いてることは会社に言ってなかったんだから」

「付き合ってるってことになってるなら、一緒に住んでても別によくない？」

「よくない。同棲してるってなると『結婚はまだか』とか、またいろいろ詮索《せんさく》されるんだから。面倒くさいったら」

「気にしすぎだろ。弁当無駄にならなくてすんだし、感謝してほしいくらいなんだけど」

本人はいいことをしてやったという雰囲気で、私から責められるのに納得がいっていないようだ。

「だいたい、何でうちの会社がわかったの？　私、住所も社名も教えてないはずなのに」

「部屋に一華の名刺が置いてあった。それで」

なるほど、名刺か。それは盲点だった。確かに、何かの届け物を宅配便で会社宛に送ってもらおうと、テーブルの上に名刺を置いていたのだ。

「だからって、わざわざ届ける？　大事な書類とかだったらまだしも、お弁当だよ？」

そこまでしなくてもいいのに。

「一華が毎朝きちんと用意してるの、知ってるから」

呆れて言った私に対して、彼は思いのほか真面目《まじめ》な表情をした。

「……どういうこと？」

「毎朝きっちり同じ時間に起きて、一生懸命作ってるものだって、俺は知ってる。それを無駄にするのが嫌だったんだ。俺に時間があるなら、届けなきゃって思った」

そんな風に考えてたなんて、ちょっと意外だ。

私が朝の短い時間をやりくりして作ったものだから、無駄にしたくなかった。

その気持ちだけで、会社まで届けてくれたなんて。

カイに対する苛立ちが、まるで氷が融《と》けるみたいに収まっていき、代わりに何とも言えない温かな気持ちが広がっていく。

お互い無口になった帰り道で、この気持ちって何だろう、と自分自身に問いかけてみる。

「ねえ」

家に着いて、私はまだ靴を脱いでいる途中のカイを振り返った。

「うん？」

「あの……ありがとう」

自分ではもっと声を張ったつもりだったけれど、語尾が掠《かす》れてしまう。

「何が？」

靴を脱ぎ終わった彼は顔を上げた。

会話が途切れてからずいぶん経っている。彼には、公園での会話の続きだとはわからなかったのだろう。

「今日の、お弁当のこと。私のことを思ってしてくれた行動だって知って……嬉しかったから」

そう、私は嬉しかったんだ。カイが私のためにと自ら動いてくれたことが、素直に嬉しいと思った。

「俺だっていつも『腹減った』って言ってるだけじゃないんだぞ」

カイはおどけて笑った。……そんなの知ってる。

映画館の帰り、私に「もっと自分を出していい」って言ってくれたときの彼が、強烈に印象に残っている。

あの言葉があったから、今だって素直に感謝の気持ちを表そうって思えた。カイの気持ちに「ありがとう」って思っている自分を伝えたくて。

「……あ、でも」

私が自分のなかの感情にちょっと困惑しつつ黙っていると、カイが何かを思いついたように言った。

「感謝の気持ちがあるなら、態度で示してほしいんだけど」

「え？　……あっ」

七畳の部屋は狭い。カイは私の手を取ると、ベッドまで引っぱっていく。そして私をその上に横たえて、ニッと笑った。

「意味、わかるよな？」

訊《き》くだけ訊いて、返事を待つでもなく彼の唇が強引に重なってくる。

「んんんっ……！」

完全に油断していた。

過去に一度襲われかけたこともあったし、またこんな風に求められるかもなんて予感が、頭になかったわけではないけれど……危機感はかなり薄れていた。

貪《むさぼ》るような荒々しいキスに、口のなかを犯されているみたいだ。

唇と唇、舌と舌が触れ合い水っぽい音がする。まるで耳の奥までかきまぜられているように感じる。

「……はぁっ」

呼吸のタイミングがやっぱり難しい。だんだん、思考力が低下してくる。されるがままの状態で、息ができずに目を白黒させている私に気付いたようだ。

「ちゃんと息してよ」

カイは私の唇を解放し、小さく笑う。直後、こつん、と額《ひたい》同士が重なった。

「だって……そんな」

そう言われたって難しい。突然だったし、心の準備だってできていなかったんだから。

「っていうか、キスしていいなんて言ってないっ……ちゃんと、許可取ってよ」

何かに縋《すが》りたくて、強くシーツを握った。

この体勢は、死ぬほど恥ずかしい。こんなに近い距離で誰かから見つめられたことなんてないから、どんな顔をしたらいいのかわからなくて、つい問い詰めてしまった。

「許可なんていらないだろ。一華に男を教えてやるって約束、まだ生きてるんだし」

「んっ」

「可愛い反応した一華が悪い。俺のこと、煽《あお》ったりするから」

私がいつカイを煽《あお》ったというのだろうか。どこにも心あたりはない。

カイは、キスをしながら私のブラウスのボタンをひとつずつ外していく。

彼と初めて会ったころよりも涼しくなってきたから、今着ているのは七分袖《そで》のブラウスだ。カイが前をはだけると、黒いキャミソールが露《あら》わになった。

「やっ……」

「俺に触られるの、嫌？」

「……っ」

即答できなかった。カイに触れられることに対する嫌悪感はない。

「嫌じゃないなら、続けるよ」

答えるタイミングを失ったことで、彼にはＯＫと受け取られたようだ。

キャミを首元にたくし上げられ、現れた黒いシームレスのブラ。フロントにホックがあるそれをカイは器用に外した。カップからふたつの膨らみがこぼれる。

「美味《おい》しそう――」

「ぁあっ……」

胸の先の、尖った部分を口のなかに含まれる。温かな舌先が、薄く敏感な皮膚を包みこんだ。

「汗かいてる？　すこししょっぱい」

「や、言わないでっ……」

カイが指摘する通り、極度の緊張と戸惑いのあまり、急に身体が汗ばんできた。

仕事のあとだし、そんな風に言われると余計に恥ずかしいのに！

甘やかな刺激に息を乱していると、もう片方の胸を愛撫される。カイは並行して、私のスカートのホックを外し、ジッパーを下ろした。そのまま、するりと脱がしてしまう。

全力で抵抗しようと思えばできるはず。けれど、私はそうしなかった。

抵抗したくなかったのかもしれない。このまま彼に身を委《ゆだ》ねたいという気持ちが、どこかにあったのだろう。

「これ、取っちゃうから」

これ、と示したのは肌色のストッキングだ。ウエストの部分を下に引っ張り、片脚を脱がせてしまったあと、もう片脚を引き抜く。

「——穿《は》いたまま破るっていうのも魅力的だけど、それはまた今度」

思わせぶりな低い声で囁《ささや》かれて、心臓がドキドキする。

下腹部を守るものが、ショーツのみになる。彼は身体をくっつけて、もう一度私にキスをした。

唇を重ねて、すこし離して。また重ねて、また離して。お互いの唇の形を確かめ合うみたいに、飽きもせず触れ合わせる。

ただただ心地よかった。気持ちいい、という感覚も強いけれど、それ以上に——安心する、癒《い》やされる。

繰り返すたびに、弾力のある雲に包まれているような気分になる。

彼の体温も、息遣いも、匂いも、感触も……すべてが私を守り、リラックスさせてくれる感じ。もっとしてほしい。このまま触れ合って、寄り添っていたい。

目を閉じてうっとりとしていると、思考が蕩《とろ》けてしまうような錯覚におちいった。

何も考えられない。こんなに安らぎを感じたことなんて今まであっただろうか？

誰かが傍《そば》にいて、ここまで落ち着くことができるなんてこと、知らなかった。

微睡《まどろ》んだ私は、いつの間にか彼の胸で眠りこけてしまった。


目が覚めたのは朝方三時半。時間がわかったのは、腕時計をつけたままだったからだ。

重なった身体から、カイの呼吸が聞こえてくる。

私を抱きしめながら、すやすやと気持ちよさそうに眠っている。

はだけていたブラやブラウスはいつの間にか元通りになっていた。身体が冷えないようにするためか、上からシーツがかけられている。

帰ってきてずいぶんと長いこと寝ていたらしい。と、昨夜の記憶が、だんだん明確によみがえって来た。

……その、途中だったのに、カイに悪いことをしてしまっただろうか。

そういう最中に寝てしまうなんて、とガッカリさせてしまったかもしれない。

――いやいや、待って、おかしい。私は急に襲われただけなんだから。

カイに悪いなんて気持ち、持たなくたっていいの！

私、どうかしちゃってる。何もなくてよかったはずなのに。

……心地よくて眠ってしまったことを、すこし後悔しているなんて。

「……ごめんね」

至近距離で目を閉じ、寝息を立てるカイに小さく謝った。

そして、彼の温もりを感じながら、もう一度眠りの世界に入っていったのだった。

7

それからさらに二週間ほど経過した、ある日の午後――

「瀧川先輩、先月の店舗のアルバイト従業員の勤怠集計って、終わってますか？」

売上表のファイルの整理をしていると、理穂ちゃんが私のデスクにやってきて訊《たず》ねた。

「あ、まだ終わってないんだ」

今週はずっと他の業務に追われていて、まだそちらに取りかかれていない。

申し訳なく思いながら答えると、彼女は「あの――」と遠慮がちに言った。

「それって明日まででしたよね。わたし今手が空いてるので、集計して経理部に渡しておきますよ」

「あ……ありがとう。じゃ、頼んでいいかな。すごく助かる」

本来なら自分に割り振られた仕事なので、私がやらなきゃいけないところだけれど……理穂ちゃんもそう言ってくれてるし、甘えてもいいだろうか。

私が返事をすると、なぜか彼女はニコニコと嬉しそうに笑っている。

「……どうしたの？」

「いえ。先輩、どんなに忙しくても自分の仕事は自分でってスタンスだったのに、わたしに任せてくれるなんて、嬉しくて。いつもいろいろ手伝ってくれるのに、自分の仕事はどんなに無理してでも先輩だけでやってたじゃないですか。すこしは信頼してもらえるようになったのかな、と思えて」

指摘されて、そうだったなと思い至った。

他人に弱みを見せるのが嫌な私は、仕事の面でもそうだった。「できない」と一言口にしてしまうと、そこで力を見限られてしまうような気がして。……後輩には、特に。

「……それって、彼氏さんの影響ですかね」

その言葉に、脳裏にカイの顔が浮かんだ。

「俺の前では、自分を出せ」と言ってくれる彼の傍《そば》にいるときは、無理をしなくなった。

いい意味で、すこし気楽に構えられるようになったというか。会社でも、そういう素《す》の自分が顔を出すタイミングが増えた、ということなのだろうか。

「それに先輩、最近すっごく綺麗になりましたし」

「え、そ、そう？」

「はい。表情がキラキラしてるっていうか。……やっぱり、好きな人と毎日一緒にいると、心も身体も満たされるんですねっ。わたしも早く一緒に住みたいです」

理穂ちゃんは、結婚までは同居しないと、前に言っていた。

「それじゃ、メールでデータ送ってください。集計に入りますね」

「あっ、うん、ありがとう。お願いね」

理穂ちゃんは、自分のデスクに戻って行った。

……綺麗になった、か。そうなのかな。

理穂ちゃん宛にメールを作成し、勤怠のデータを添付して送信する。

昨日、部長にも私が変わったと言われた。人柄が丸くなって、とっつきやすくなったような気がする、と。

もともと尖った雰囲気を出していたつもりはないのだけど、私のハッキリした性格も相まって、周囲にはそう映っていたのかもしれない。

『好きな人と毎日一緒にいると、心も身体も満たされるんですねっ』

今しがた聞いた理穂ちゃんの台詞《せりふ》が、耳元でリフレインする。

一緒に住んでいるのは、名前も歳も仕事も、何もかもが謎のベールに包まれた男なのに——

「今日は早かったな。おかえり」

白とグレーの細かいストライプ柄の七分袖《そで》シャツに、黒のインナー、そしてベージュのチノパンに、いつもの赤いスニーカー。毎度のこととはいえ、仕事帰りだというのにカイの服装はラフだった。

今日も彼とは、私の退勤時刻に合わせて、例の公園で待ち合わせをしている。

彼はアメリを抱っこして、土管の上に腰かけていた。

「……抱っこまでさせるとは」

アメリのように警戒心の強い猫が、飼い主でもない相手にそれを許すだなんて。もはや才能としか言いようがない。

「結構機嫌よく収まってくれてる」

カイの腕に抱かれ、まるで母親に甘える赤ん坊のようにリラックスした様子のアメリは、私の姿を認めても知らんぷりだ。よほど居心地がいいと見える。

「腕、疲れない？」

「別に平気」

「ふうん」

「何、妬《や》いてるの？　猫に」

「妬《や》くわけないでしょ」

そんなわけあるか。私が素早く反論すると——

「だよな。家では一華のこと、ちゃんと抱いてやってるし」

「なっ……！」

抱いてる？

「だって、本当のことだろ」

「誤解を招く言い方しないで！」

その言い方では意味が変わってしまう。……その、一緒に寝てるだけじゃないか。

うっかりひとつのベッドで一緒に寝てしまったあの日以来、カイは就寝時、私のベッドに潜《もぐ》りこんでくるようになった。

床だと硬くて背中が痛いから、というのが理由らしいけれど、それが本当かどうかはわからない。私も、身体が辛いなら仕方ないかなと考え、やむを得ず黙認するスタイルを取っているけれど、実のところは、その時間が嫌いじゃない。

狭いベッドで身体を並べると、彼の体温が伝わってくる。その温もりに、妙に安心するのだ。

となりに誰かがいる心強さ、孤独ではないという事実の確認——なんて、そんな難しいものではなくって。ただ、カイが近くにいてくれることが、私にやすらぎをもたらすのだ。

彼が私の家に住み着いて一か月。彼の存在は、必要不可欠なものとなっていた。

仕事から帰ってきて、一緒にゆっくり食べる夕食がとても美味《おい》しい。その片付けが終わったあと、その日の出来事や、一緒に見たテレビ番組やＤＶＤの感想を言い合うのが楽しい。

その反面、ほぼ百パーセント定時で上がれる私と違い、カイは帰りが遅くなる日もある。そんな日は、今ごろ何してるんだろう、とか、ちゃんとご飯は食べたかな、とか。彼のことを考えて、寂しくなる。

彼がどんな人なのかも、何をしているのかも一切わからないというのに、いつからか私の思考は、彼が中心になっていた。

この懐かしい感覚の名前を思い出す。そうだ、恋。恋愛だ。

寝ても覚めてもその人のことばかりを考えてしまう。その人と過ごす時間が愛おしくて、心が弾んで。でも、会えないときは、胸が締めつけられるみたいに切ない。

ずっと長いこと忘れていた感情を思い出した私は、ブランクの時期を取り戻すように、その想いをどんどん募《つの》らせていく。

カイが好き。一緒にいるうちに、彼の容姿がいいとか、そういう部分は割とどうでもよくなっていた。彼という人間そのものが、気になって仕方ない。

だからもっと、彼のことが知りたい。でも、どうやって？

真っ先に思いついた方法は、カイのあとをつけることだ。仕事に行く彼のあとを気付かれないように追えばいいのでは？

無論、どんなに気を付けても、バレてしまう危険はある。そうなったら、最悪、カイは私の傍《そば》を離れていってしまうかもしれない。

今の私が一番恐れるのはそれだった。カイのことが好きだと気付いてしまった今、彼がいなくなることはたえられない。

以前は「名前は？」「住所は？」「歳は？」「仕事は？」「出身は？」なんて、思いつく限り口癖のように訊《たず》ねていたけれど、その恐怖心から、今ではまったく言わなくなってしまった。

カイのことは知りたいけれど、そのせいでカイがいなくなってしまうかもしれないのなら、口に出さないでおこう、と。

自分でも、自分の滑稽《こっけい》さをわかってはいる。だけど、どうしても感情が彼と一緒にいることを最優先してしまうのだ。

そのとき、カイに身を委《ゆだ》ねていたアメリが、何かを思い出したみたいにひと鳴きした。そして彼の腕からぴょんと飛び降り、土管のトンネルのなかに身を隠してしまう。

それにつられてか、カイも土管から下りた。私の真ん前まで寄り、じっと顔を覗きこんできた。

「じゃあもう、一緒に寝なくていいの？」

私が、彼とベッドを共にしているのを指摘され、言葉を荒《あら》らげたからだろう。カイは意地悪く訊《たず》ねた。

「……そんなこと、言ってないでしょ」

そんなに至近距離で見つめないでほしい。ただでさえ、私のほうは意識している状態だっていうのに。こんなの、拷問だ。

「一緒に寝たいんだ？」

臆《おく》することなくまっすぐに私の目を見て、揶揄《やゆ》まじりに訊《たず》ねる彼がさらに距離を詰めてくる。

――その気になれば、キスなんて簡単にできてしまうくらいに。

「っ……し、知らないっ」

私はそう言って視線を逸《そ》らし、そっぽを向くのが精いっぱいだった。恥ずかしさで頭の中が沸騰しそうになる。

彼と一緒に眠れなくなるのは困るけど、でもそれを認めてしまうと、私が彼を想っていることがあからさまに伝わってしまう。

彼のことを知ろうとするのと同様に、私の気持ちが露呈《ろてい》してしまった場合もまた、彼との関係に変化をきたしそうで怖かったのだ。

「本当、素直じゃないな。一華は」

カイは私の反応を受けて、おかしそうに笑った。

「……そういう反応、嫌いじゃないけど」

カイは私の頭をくしゃりとなでて、自宅の方向へと歩き出す。

「あっ、ちょっと……待ってよ」

彼の背を追いかけながら、私は今彼に触れられた部分にそっと触れた。

頭のちょうどてっぺん。そこが、じんじんと熱を持ったみたいに熱い。

……すこし触れられただけで、こんなにときめいてしまうなんて。私ってば、本当にカイのこと好きになっちゃったんだ。

心が動く異性がいないなんて嘆いていたのが嘘みたいだ。私の思考のほとんどを占有してしまう人が、現れてしまった。

カイの正体は気になるけれど、この関係がなくなるのはどうしてもいやだ。だからまだ、このままでいよう。

今は、この恋愛という果実の甘美な部分を、味わいたい。いつか、それを失う日までは――

私はそう思って、詮索《せんさく》したい気持ちをぐっとおさえこんだ。

■ □ ■

けれど、我慢の限界はすぐに訪れた。それはある休日——土曜日のこと。

その日、仕事に出かける彼のあとをついて行きたいという気持ちを、私はどうしてもおさえることができなかった。

もちろん会社は休み。私のスケジュールはガラ空きだ。まるで、行ってこいと背中を押されているような気がした。

カイが出た直後、私は目にも留まらぬ速さで着替えて、エレベーターで一階に下りた彼を階段から追いかけた。

この建物に入居して、階段を使用したのは初めてだ。やはり普段誰も通らないからか、虫の死骸《しがい》が転がっていたり、クモの巣が張っていたりして、急ぎ足に拍車がかかる。

彼の仕事は、毎回場所が違うようだった。住宅街のバス停に向かうこともあれば、私と同じように駅に向かうこともある。今日は、駅の方向らしい。

天気は快晴。雨の多い季節だけど、晴れてよかった。傘があると視界が遮《さえぎ》られて尾行しにくい。

私は、彼と二十メートル程度の距離を保ちながら、駅の構内に入った。気分は、容疑者を追う刑事だ。

カイは空いている席に腰を下ろすと、目を閉じた。イヤホンでずっと音楽を聴いているようだ。眠っているようにも見える。

私は彼の座る席からすこし離れた乗車口の近くに立ち、時折、中吊り広告を見るふりをしながら、彼の様子をうかがった。

私鉄に乗って三十分程度。私の会社のある駅を通り越して、別の私鉄や地下鉄が通る、大きなターミナル駅に到着する。ここでやっとカイが動いた。立ち上がり、下車するほかの乗客にまじって、扉のほうへと歩き出した。私はそれに気付くと、電車をいち早く降りて、ホームにある立ち食いそば屋さんの陰から、彼の動きを見守る。

出口の方向は駅の東口。そこは若者向けの飲食店が立ち並び、休みともなればかなり人が集まるような場所だ。彼はこれからどこに向かうのだろう？

彼の仕事に関して、具体的な想像はしたことがなかった。というより、思いつかなかったのだ。

強《し》いて言えば、オフィスワークではなさそうだな、というくらい。あと、調理師とかシェフとか、そういう感じでもないだろうな、とか。

私に朝食を作ってくれたとき、その手際を褒《ほ》めたら「ひとり暮らしが長かったから」と口にしていたのを覚えている。調理関係の仕事ならば、そういう言い方にはならないだろう。

彼は駅の外に出ると、そのすぐ前方に伸びた横断歩道を渡った。遅れて私も追いかける。

その横断歩道の先には、ビジネスマンが打ち合わせ場所として利用するような、落ち着いたチェーン店のカフェがあった。カイは、迷わずそのカフェに入って行く。

……カフェ？　仕事って言ってなかった？

不思議に思いながらも、十分な間を保って私もそのカフェの扉を開ける。

「いらっしゃいませ」

店員に声をかけられ一瞬びくっとした。カイに気付かれたかも、と危ぶむけれど、店内は思ったよりも広く、客の入れ替わりも多かったのでおそらくセーフだろう。

「ひとりです」

「禁煙ですか？　喫煙ですか？」

「えっと……」

それはカイがどちらの席に座ったかによる。私は周囲を見渡し、カイの姿を探した。けれど、広すぎて見つけることができない。

店内奥にもまだ席があるようだし、もしかしたらそっち？

「お店の奥って、禁煙ですか？　それとも喫煙？」

「喫煙席になります」

「なら、喫煙で」

喫煙席にカイがいることを祈ってそう伝える。店員は「かしこまりました」と言って、私を奥の座席へと導いてくれた。

そこで私は、自分の犯したミスに気が付いた。もし奥の席にカイがいたとして、私と目が合ってしまったら即アウトだ。

あまり近すぎても困る――店員に案内をされている間、気が気じゃなかった。

「こちらのお席にどうぞ」

ひとりだったからか、奥の壁に向かって座るカウンター席に案内された。

悪くない場所だ。ここなら、私の顔を誰かに見られる心配はない。

問題は、カイの場所なんだけど……

カウンターの脇に置かれたメニューで顔を隠しながら、周囲を見渡す。

どこにも姿が見えないんだけど――あっ。

声が出そうになったのを、何とかこらえた。見つけた。

今しがた私が通ってきた通路沿いにあるトイレから、彼は出てきた。

そして私の背後の位置にある二人掛けのソファ席の、より私に近いほうのソファに腰をかける。つまり、カイは私のちょうど真後ろに、背中あわせで座っていることになる。

あとすこし店に入るのが遅れていたら、と怖くなったけれど、結果的にはベストポジションを陣取れたことになる。

とはいえ、頻繁《ひんぱん》に振り返ることはできない。彼の様子を探るべく、聞き耳をたてる。

通りかかった店員にコーヒーを頼んで、ほどなくして届けられたそれを静かに啜《すす》ってから、さり気なくカイのほうを見た。

彼は誰かを待っている風だった。ということは、ここで誰かと約束をしている？

その相手が仕事関係者ならば、会話がヒントになるだろう。

腕時計で時刻を確認すると、あとすこしで午後一時半。待ち合わせであれば、そろそろ相手が現れる時間か――

「エルシー」

そのとき、カイの声が呼びかけた。

エルシー？　反射的に振り向いてしまう。

カイの視線の先には、女性が立っていた。

品のいいネイビーのワンピースを着ている彼女は、肩までの栗色の髪に、白い肌、青い瞳。どうみても外国人と思《おぼ》しき容貌《ようぼう》だ。彫りの深い美人さんで、歳は私よりすこし上か、同じくらいだろう。

えっ……？　もしやこの女性がエルシー？

「Hi」

その白人女性が、呼びかけに片手を上げた。そして、カイのもとへ駆けていく。ヒールが床のタイルを叩く音が聞こえる。

次の瞬間、私はわが目を疑った。エルシーさんが、いつの間にか立ち上がっていたカイの首元に抱きついて、唇に熱烈なキスをしたのだ。

それ以上見ていられなくなり、私は視線を白い壁に移してしまう。

キスしてた。確かに見た！

それだけでもおどろきなのに、会話を耳にしてさらに仰天する。

ふたりは、とても流暢《りゅうちょう》な英語で言葉を交わしていた。

カイって英語喋《しゃべ》れたんだ。しかも、こんなにスラスラと。

残念ながら私は英語が苦手なので、その内容まではわからない。ただ、とてもフレンドリーな空気であるのはわかる。

もしかして、これは仕事ではないのかもしれない。

この女性は、カイとどんな関係にあるんだろう。

熱烈なキスを交わす相手――それはすなわち、恋人同士ということになるのでは……

話を聞きとることはまったくできないものの、それでも何かわかればと、必死に耳を澄ませる。

こんなことなら、英会話でも習っておけばよかった。もっとも、こんな状況に陥《おちい》るほうが珍しいのはわかってる。

えーっと……国の名前が聞こえた気がする。フランスとか、ドイツとか、スイスとか、そういう、ヨーロッパの国々の名前。それらの単語は、会話に何回が登場している。

ふたりでそこに行く計画を立てている？　……海外旅行？

そこでピンときた。これって、新婚旅行の相談なんじゃないのか、と。

ふたりはそろそろ結婚する間柄で、そのハネムーンで回る国々を決めている、とか。

独身の私の家に転がりこんでくるくらいだから、カイも独身なのだとばかり決めつけていたけれど、そうとは限らないのだ。

もしかしたら彼女や婚約者がいるかもしれないし、すでに妻帯者かもしれない。

『知らない』というのは、思っているより恐ろしい。

カイってこういう人かなというイメージを、現実は、いい意味でも悪い意味でも軽々と飛び越えてしまう。

ふたりの会話は一時間程度だった――ここでは。

どうやら場所を変えるらしい。ふたりでレジのある入り口へと移動していく。

これってやっぱりデートなのだろうか。これから、ふたりきりになれる場所に行くのかもしれない。

想像するだけで胃が痛くなった。そんなの、考えたくない。だけど確かめる気力はなくなっている。

……こんなことなら、尾行なんてしなければよかった。

私は嫉妬《しっと》で張り裂けそうな心を落ち着けるために、冷めたコーヒーを口に運びつつ、しばらくその場に留まった。

■□■

カイが仕事と言いながら、外国人の彼女と会っていた——というショックは非常に強かった。

心ここにあらずという状態で電車に揺られて帰って来ると、午後四時を回っていた。

カイは出発前、夕食の時間には帰ると話していた。ふたりのときは、だいたい七時ごろが目安になっている。

だから、その時間までにはふたり分の食事を用意しておかないといけないのだけど、ちっともやる気が起きなかった。

今、私がこうして家で悶々《もんもん》としている間も、カイはあのエルシーとかいう女性といちゃいちゃしているかもしれない。

というか、ああいう女性がいるなら、どうしてうちに転がりこんで来たのか。事情があって住む場所がないのなら、彼女に頼めばいいのに。

そもそも彼女がいるくせに、他の、しかも知らない女の家に住もうとする神経が理解できない。

さっきまではただただショックで気が重かったのだけど、時間が経つにつれて段々怒りの感情が湧いてくる。

そんな男のために食事を用意して待っている必要があるだろうか？　彼氏でもないのに？

でも、その彼氏でもない男のことが好きで、思い悩んでいる。バカみたいだけど、これが今の私の現実だ。

その生活を失うのが怖くて、これまでカイの素性《すじょう》を問い詰められなかった。けれど、もういい加減ハッキリさせるときなのかもしれない。

……決めた。カイが帰ってきたら訊《き》こう。彼が何者なのか。エルシーさんとはどういう関係なのか。

そうじゃなきゃ、一緒にいたって辛くなるだけだ。

決意を固めたとき、部屋のインターホンが鳴った。

カイが帰ってきたのだ。予定よりもずいぶんと早い。

ベッドに横になり、天井を睨《にら》みつけて考え事をしていた私は、上体を起こして玄関に向かう。

「ただいま」

「おかえり。あれ、帰りってもっとあとのはずじゃなかった？」

訊《たず》ねながら、ベッドに戻って腰かけた。

ダメだ。彼の顔を自然に見ることができない。

「うん、すこし予定が変わって。……具合でも悪い？」

彼が私のすぐ前までやって来る。そして、私の顔を覗きこんで訊《たず》ねた。

「どうして？」

「元気ない感じがしたから、調子よくないのかと思って」

「……別に」

「そう？　ならいいけど」

心配して訊《き》いてくれたのだろうけど、私はカフェでの光景を思い出してしまい、そっけない態度を取ってしまった。

けれどカイはそれを気に留めた様子もなく、ローテーブルの前に座る。

「一華、ちょっといい？」

「何？」

「俺、これからしばらく留守にするから」

普段とほぼ変わらないテンションで、カイが言う。

「留守にするって……ここに居れなくなるってこと？」

「そう」

私の頭のなかが真っ白になった。

ベッドから下りて、彼と同じ目線で会話ができるように、床に座る。

「いつからなの？」

「えっと、明日」

「明日!?」

思わず声が裏返ってしまった。

そんなの、急すぎやしないか。あと八時間もしたら、日付的には明日だ。もう時間がない。

「ここを離れて、何をしに、どこへ行くの？」

訊《たず》ねながら、やはり脳裏に浮かぶのはエルシーと呼ばれた女性の姿だ。

当たってほしくない予感が、的中してしまうかもしれない。

「どこかな。近くかもしれないし、遠くかもしれない」

いつものカイのパターンだ。私の問いかけを煙《けむ》に巻いて、いたずらっぽい笑みでやり過ごす。

でも、今日はそんなことさせない。

「真面目《まじめ》に答えて！」

私はいつになく声を張り上げ、目の前の彼を睨《にら》んだ。

「……あなたはいつだってそう。私に大事なことを何も教えてくれない。こんなに傍《そば》にいるのに、どうして私はあなたの本当の名前さえも知らないの⁉」

見つめるカイから次第に笑みが消えて、あまり見たことのない真剣な表情に変わる。

カイにしてみたら、いつもの軽口のつもりだったのだろう。なのに私が激高したものだから、戸惑っているに違いない。

「本当のことを教えて！　あなたが誰なのか、何をしにどこへ行くのか。それを知りたいって思うのは、そんなにいけないこと？」

今まで訊《き》きたくても訊《き》けなかったことを口にするのは、勇気が必要だった。でも、これを逃したらもうチャンスはないかもしれない。

私は堰《せき》を切ったように溢《あふ》れだす言葉を止められなかった。

「最初はそんなに気にならなかった。どうせすぐにいなくなるから、知ってても知らなくても一緒だって思ってた。でも……今は違うの」

話しながら、目の奥がツンと痛くなってきたけれど、唇を噛んで続ける。

「途中から、訊《き》いちゃいけないって思うようになった。しつこく訊《き》けば、あなたが嫌がっていなくなってしまうかもって。真実を知りたい気持ちより、あなたがいる生活を選ぶようになってた。あなたを失うくらいなら、知らなくてもいいって、思って……」

いい歳の女が、泣くなんてみっともない。頭のなかにいるもうひとりの自分が宥《なだ》めるけれど、もう制御できなかった。

頬の上を熱いものがぽろぽろとこぼれて、ブラウスの襟《えり》を濡らしていく。

涙でぼやけた視界に映るカイの顔はすこし悲しげで、そしてどこか戸惑っているようだった。気の強い私が泣くなんて思ってなかったのかもしれない。

当然だ。私だって、涙を武器にしようなんて考えはまったくなかったんだから。

だけどカイは俯《うつむ》いて、何も答えてはくれない。

……これだけ真面目《まじめ》に訴えてもダメなの？

エルシーさんの名前が喉元まで出かかったけど、それだけは言うまいと押し留める。

カイのことは、彼自身の口から聞きたい。そうでなければ意味がないのだ。

「ねえ、どうしても自分のことを話してくれないなら、せめてこれだけ教えて。私との生活に飽きたから、出て行くことにしたの？」

私がトーンを落として訊《たず》ねると、カイはハッとした表情でやっと顔を上げた。

「きっと何か事情があって家に帰れないんでしょ。でもきっと見ず知らずの私じゃなくても、助けてくれそうな人はいるはず。……もう私と一緒にいる必要がないってことになったんだよね」

できれば一番訊《き》きたくない質問だった。もし彼の答えがYESだったら、立ち直れないかもしれない。

「しばらく留守にする」と言って、そのままフェードアウトしてしまえば、私との縁はそこで綺麗に断ち切れる。つまり、彼とはそれでおしまいだ。

「そんなこと思ってない」

カイが初めて反論した。首を横に振って、私の顔をしっかり見据えている。

「嘘」

「嘘じゃない」

「ならどうやって信じればいいの？」

言葉だけならいくらでも言える。私はさらに続けた。

「必ず帰って来るって約束して。そうじゃなきゃ、私、信じられない」

もう、カイのいない暮らしなんて考えられない。

そんな気持ちにさせておきながら、自分はあっさりいなくなるなんてずるい。

「……カイが好き。できればずっと一緒にいたい。彼氏のフリじゃなくて、本当の彼氏になってほしい。……彼女として、あなたの帰りを待たせてほしいの」

必ず帰ってきてくれるという確証がほしかった。彼への想いが募《つの》り、こぼれてしまう言葉。

こんな形で自分の気持ちを伝えることになるとは思わなかったけれど——

駄々《だだ》っ子のようにせがむと、彼は力強く私の身体を引き寄せて、かき抱いた。

「……約束するよ」

掠《かす》れた低い声が囁《ささや》く。

「必ず一華のところに帰って来る。だから、ここで待っていてほしい」

きついくらいに抱きしめる両手から、彼の感情が伝わってくるような気がした。

……信じていいの？　ここで、あなたが戻ってくるのを待っていていい？

「キス、して」

普段であれば、口が裂けても言えない台詞《せりふ》が、今なら言えた。

彼は私の顎《あご》をすこし持ち上げ、唇を塞《ふさ》ぐように深く口付けた。

「はぁっ……」

何度も何度も唇を重ねながら、ベッドの上で一枚ずつ剥《は》ぎ取られていく衣服。

緊張を伴う行為に、私の呼吸は自然と荒くなった。

「やだ、恥ずかしいっ……」

最後の一枚であるショーツを取られて、私は身を捩《よじ》る。

部屋の照明は消しているものの、夕刻の太陽がまるでオレンジ色の電灯のように部屋を淡く照らしている。カイに私のすべてを見られるのは、どうしても恥ずかしい。

「一華の身体、全部見せて」

「っ……」

「綺麗だから」

彼の甘い低音ボイスが、判断力を鈍《にぶ》らせる。

自分で自分を抱きしめるみたいに、隠していた腕から、すこし力が抜けた。

「一華」

真上から覗きこむ彼の、くっきりとした二重《ふたえ》の目を見つめ返して、返事の代わりにする。

「……好きだよ」

カイは私の髪をひと房持ち上げるみたいにしてなでながら、そう囁《ささや》いた。

いつか気まぐれに髪を乾かしてくれたことを思い出す。髪に触れる彼の手は、そのときよりももっと愛おしむような所作だ。

「俺も一華のことが好きだ」

「……本当、に？」

「ああ。だから、さっきの言葉……嬉しかった」

胸がいっぱいで、また涙がこぼれそうになってしまう。

ずっと、そうだったらいいのにと願って止まなかった、彼からの気持ち。

私はぐっと奥歯を噛んでこらえる。泣くのは嫌いだ。特に、男性の前では。

「俺の前では強がらなくていい」

その意地が、カイには伝わっていたらしい。彼は小さく笑った。

「俺の前でだけは、本当の一華でいろよ。怒ってる顔も、泣いてる顔も、隠さず見せろ」

彼は私のことを、誰よりもわかってくれている。

男勝《おとこまさ》りな私。他人に素直になれない私。弱音を吐けない私。

そういう私を、全部受けとめようとしてくれているのだ。

「……うん。ありがと」

目尻からこめかみにかけて、ぽろりと一滴涙が伝った。

それを彼の指先が優しく拭《ぬぐ》い、その場所に触れるだけのキスを落とした。

「んっ……」

瞼《まぶた》から頬へ、首筋へ、降り注ぐキスの雨。

鎖骨《さこつ》に、胸元に、柔らかく甘やかな感触を受け入れつつ、私は切ない吐息をこぼす。

「はぁっ……」

指先で膨らみを優しく捏《こ》ねながら、その先端にもキスをするカイ。

彼の手のなかで自在に形を変える胸は、いつもお風呂や着替えのときに目にするのとは別のものであるような感じがする。

「んぁっ……！」

中心を甘噛みされ、反射的に背中をのけ反《ぞ》らせてしまう。

「気持ちいい？　こんな風に噛まれるの」

「んんっ……違っ、ぁ、ああっ」

カイの歯がその部分を優しく押し潰すたびに、胸の先端に電気が走ったような快感が生じる。

噛まれてるのに気持ちいいなんて、何だか、ヘンタイみたいで認めたくないけどっ……

「違う？」

意地悪っぽく訊《たず》ねるカイ。わき腹をなで、腰骨を通り、彼の手は私がぴったりと閉じている下肢《かし》に辿《たど》り着く。

「やっ……！」

彼の指が茂みをかきわけ、秘裂《ひれつ》をそっとなぞった。

「違わないだろ。濡れてきてる」

恥ずかしすぎて死にそうだ。

もうまともにカイの顔を見られない。私は、彼の視線を避けるように顔を逸《そ》らして、きつく目を瞑《つぶ》った。

「こら」

すると、その目論見《もくろみ》がバレたのだろう。逸《そ》らした顔を真正面に戻される。

「……俺にはどんな顔も隠さず見せろって言ったろ。感じてる顔も、ちゃんと見せて」

「ぁあっ……！」

言いながら、カイの指が再び秘裂《ひれつ》に触れる。

入り口の縁《ふち》を何度もなぞるように動かしたあと、彼はおもむろに、その上のほうにある敏感な突起を突いた。

「んんっ！」

身体のなかのどの場所よりも神経が研《と》ぎ澄まされているのか、そこに触れられただけで、じっとしていられなくなるような感覚に陥る。

さらに指の腹で優しくトントンと突かれ、下肢《かし》と同時に胸の先にまで刺激が伝達される気さえした。

身体中が痺《しび》れちゃいそう——こんなの、知らないっ……！

「ここ、感じるよな？」

「はぁっ……そ、そんなことっ……」

彼に下腹部に触れられるのは初めてだ。いや、彼に限らず、誰にも触れられたことのない場所なのだ。

それなのに反応してしまうなんて、自分がとてもいやらしく思えて、素直に認められなかった。

「認めろよ」

「んんっ‼」

突起に触れる指が二本に増える。

二本の指の間にそっと挟むようにして動かされると、擦《こす》れてさらに快感が煽《あお》られた。

「やぁっ……ゆるしてっ……」

身体に力が入らない。身体が浮き上がってしまいそうな、味わったことのない刺激に戸惑う。

「一華のここ、いっぱい溢《あふ》れてきた。わかるだろ」

弄《いじ》られているうちに、入り口から愛液が滴《した》ってきてしまった。

刺激されて膨らんだ突起から指先を滑《すべ》らせて、カイが潤《うるお》いはじめたその場所に触れた。

「あ……！」

彼が指に力をこめると、秘所はその先端を容易《たやす》く呑みこんだ。

痛みはないけれど、ほんのすこし、異物感を覚える。

「ここ、拡げないと――俺のがちゃんと挿入《はい》るように」

俺の、と聞いて、また恥ずかしくなる。今さらだけど、そういうことだ。

これまでギリギリのラインで守っていたものを、今夜は捧げるということ。

もちろん、嫌ではなかった。むしろ、そうしたいと心から思う。

カイが好き。その気持ちが、私のすべてだった。彼と、ひとつになりたい。

「あっ、お願いっ、カイっ……」

私は喘《あえ》ぎまじりに彼に懇願《こんがん》した。

「私を、あなたとひとつにしてっ……あなたのものになりたいっ……」

彼を私の身体に刻《きざ》むことができたなら、離れている間も彼が戻ると信じて待っていられるはず。

「一華……」

彼の瞳が、興奮の色を纏《まと》ったように見えた。

「そんなに可愛いこと言われたら、俺もたまらなくなってくる」

彼はそう言って、差し入れた指を私の深くまで沈めていく。

そして根元まで押しこむと、ゆるゆると膣内《なか》をかきまぜはじめた。

「んっ、はぁっ……それ、ダメっ……！」

膣内の壁を擦《こす》られると、身体がびくんびくんと震える。

「一華の膣内、俺の指に吸いついてくるみたいだ」

「～～～っ」

そんな風に言わないでほしい。また恥ずかしくなってきてしまう。

「俺のも触って、大きくして」

彼が秘所を弄《いじ》るのとは逆の手で、私の上体を起こすよう促《うなが》し、指先をボクサーパンツの下腹部まで導く。

ほんのすこし触れただけで、そこが熱を持っているのがわかる。

それに、すごく硬い。男の人の……を、触ったのは初めてで、すこしビックリした。

「触るの、初めて？」

私は頷《うなず》きを返す。

「最初は下着の上から、優しく触って」

「こ……こう？」

ボクサーパンツの黒い生地越しに、すでに頭をもたげている彼自身にそっと触れる。

すると、その部分がぴくんと痙攣《けいれん》した。

まるで生き物みたいな反応だ。思わず手を引っこめてしまう。

その様子に、彼がおかしそうに笑った。

「噛みついたりしないから、大丈夫」

「っ、ご、ごめんっ……はぁんっ……！」

　膣内をかきまぜる指が二本に増えた。くちゅくちゅと水っぽい音を立てながら、さらに擦《こす》られる。

「怖くないから、直《じか》に触ってみて」

「う、うん……」

　彼が下着に手をかけて、ずり下ろす。弾けるようにして、上を向いた彼自身が飛び出してきた。

　直視するのが恥ずかしいのに、どうしてか目が離せない。

　肌のような粘膜のような、なんとも言えない質感と、思ったよりも曲線的な輪郭。

　……こうなってるんだ。知らなかった。

　さっきみたいに、彼自身を指先で握る。生地越しよりもずっと熱いし、血管が浮き上がってドクドクいってるのが伝わってくる。

　先端には、透明な液体が露《つゆ》を作っていた。

「扱《しご》いたらもっと大きくなる」

　私は促《うなが》されるがまま、握った指先を優しく上下に動かした。

「んっ……」

これまで余裕を貫いてきたカイの表情が、快楽に歪んだ。

何となくそれが嬉しくて、私は慣れないながらも必死に続けてみる。

「気持ちいい……一華……」

彼自身から滴《したた》るものを潤滑油にして、幹の真ん中から先端あたりまでを刺激する。

私のやり方は間違っていないようで、カイは呼吸を乱しつつ、身体の中心に訪れる快感を受け入れていた。

お互いの下腹部を触り合っているって、冷静に考えればとんでもなくいやらしい光景だ。

「ふぁ、んんっ……」

しかも、私の秘所からはとめどなく愛液が溢《あふ》れ、彼の手を汚してしまっている。もしかしたら、シーツも。

こんなものが、この狭い入り口を通って膣内に挿入《はい》ってくるなんて、到底イメージできない。

だってサイズ的に無理がないだろうか？　恋多き女性たちはみんな、それを経験してきてるってこと？　それが不思議でならない。

だけど……もっと不思議なのが、彼を受け止めたいという衝動がこみ上げてくることだ。

彼がほしい。ひとつになりたい。

こうして愛撫をしていると、その気持ちがより高まって来るのだ。

「見て、一華が触ってくれたから、こんなになっちゃった」

手のなかの彼自身は、最初に触れたときよりも硬度や質量を増し、大きく反《そ》り返っている。

力強く勃《た》ち上がったそれから手を離すよう、カイがうながす。

「もう我慢できないかも……一華、いい？」

顔を近づけて小さく訊《たず》ねられた。

額《ひたい》と額《ひたい》がぶつかる距離で、カイは私の目をまっすぐに見つめている。

「うん……」

そう答えた私の唇は、彼に奪うようにしてふさがれた。

舌先を絡めるキス。それを終えると、カイは私の身体をベッドに横たわらせて、両膝を折った。

――ドキドキする。彼が、私とひとつになる。

「一華……可愛いよ」

熱く滾《たぎ》った先端が、入り口の粘膜に触れた。

彼自身がじわじわと身体の中心を貫いていく。

「く、っ……！」

指を挿《い》れたときとは比べ物にならない異物感は、痛みに変わっていく。

それはそうだ。指よりもずっと質量があるものが、その場所に侵入してきているのだから。

「痛い？」

「大丈夫……続けて」

私の反応を窺《うかが》い、動きを止めてくれそうな彼に、その必要はないと告げる。

初めては痛いものだとはよく聞く。どうせ痛いのなら、なるべく早くその痛みが通りすぎていってくれるほうがいい。

彼はすこし心配そうな目をしていたけれど、私の気持ちを尊重したのか、身体の奥深いところまで進んできた。

「はぁっ……今、俺と一華、一番深いところで繋《つな》がってる」

「うんっ……」

膣内が、カイでいっぱいになっているのがわかる。

私、今、カイのものになったんだ――

「一華の膣内、温かくて気持ちいい……動くよ」

私の膝を支える腕に、一瞬力が籠《こも》った。そのすぐあと、律動が始まる。

……やっぱり、痛い。繋《つな》がっている部分は十分に潤《うるお》っているはずなのに、そういった経験がないためか、引きつれるようなぴりっとした痛みが生じてしまう。

この行為で、気持ちいいって感覚を共有できるんだろうか？

「大丈夫、気持ちよくするから」

ポーカーフェイスが苦手な私は、表情が苦痛でゆがんでいたのかもしれない。彼は小刻みな抽挿《ちゅうそう》をしながら、先ほど弄《いじ》っていた敏感な突起に指を伸ばす。

「やぁあっ……！」

激しい快感が身体の中心を駆け抜けた。

「俺のこと締めつけるくらい、気持ちいい？　なら、もっと擦《こす》ってやるよ」

彼はサディスティックに笑うと、さらにその場所を嬲《なぶ》ってくる。

「カイ、やだっ……そんな風にしたらっ……！」

気持ちよすぎて、頭がおかしくなっちゃう！

「痛いよりは気持ちいいほうがいいだろ。一華が気持ちよくなってくれれば、俺も……気持ちいいし」

律動による痛みが、下肢《かし》を中心に広がる鮮烈な快感によって上書きされていく。

「カイっ……気持ちいいっ……」

頭が快楽に締めつけられる。何も考えられなくなって、与えられる強すぎる感覚に身を委《ゆだ》ねるしかなくなっていた。

「んっ……そろそろ、慣れてきたろ？」

「あっ……！」

彼自身の擦《す》れる場所が変わった。入り口近くをゆるゆると往復していたのが、奥に向かって突き入れるような動きになる。

お腹の奥がきゅうっと疼《うず》く。それに伴い、身体の内側から何かが溢《あふ》れだす感覚がする。

「あぁっ……カイっ！」

「ごめん――俺、そろそろ限界かも……」

「はぁんっ……！」

突然、彼の抽挿《ちゅうそう》が速くなる。私の身体を貪《むさぼ》るみたいに、激しく腰がぶつかる。

「一華っ……」

私たちは繋《つな》がったまま、キスを交わした。

痛みはもうほとんどなく、唇も、舌も、下肢《かし》も、触れ合うところすべてが気持ちいい。

カイが一際強く身体を押しつけたと思ったら、その質量が身体の中心から抜ける。

「ぁあああっ……！」

その刺激で、目の前が何も見えなくなるくらいの快感が走った。そして全身が弛緩《しかん》する。

お腹の上には、彼自身が吐き出した温かなものが降り注がれた。

「好きだよ、一華。……愛してる」

「……私も……」

気だるさのなか、彼はもう一度私にキスをしてくれた。

そのときふと、理穂ちゃんの言葉がよみがえってくる。

『好きな人と毎日一緒にいると、心も身体も満たされるんですねっ』

心と身体が満たされるって、こんな感じなのか。

こんなに幸せな気分に浸《ひた》ることができるなんて……。私が今まで敬遠してきた、恋愛至上主義者の気持ちが理解できたような気がする。

そのときの私は、大好きな人と結ばれた充足感でいっぱいだった。

■□■

翌日——日曜日の朝。

目が覚めると、もうそこにカイの姿はなかった。

書き置きの類《たぐい》も一切なし。出て行く前に、もう一言くらい言葉を交わしたかった。

というか、こんなに早い時間に出発するなんて知らなかったし、それならそれで起こしてくれたらよかったのに。……そういう勝手なところは、本当に彼らしい。

「……帰って来てくれるよね」

相手のいない問いかけは、狭いワンルームの壁に吸いこまれるだけだ。

彼が寝ていたベッドの片側は、まだすこし、彼の温もりが残っているような気がする。

その微《かす》かな体温や彼の香りを感じながら、私はシーツを抱きしめた。

8

「あ、いたいた」

会社終わりの、まだ夕日が出ている時間帯。

アメリの庭である公園に到着すると、土管の上で丸くなっている彼女の姿を見つけた。

「アメリ、ただいま」

私が挨拶《あいさつ》をしても、彼女はしれっとした目線をくれるだけだ。

「冷たいなー」

どうも最近、私に対する態度がおざなりだ。誰かさんには抱っこまでさせるくせに、私の何が気に入らないというのか。

非難してみるも、私の言葉はアメリに伝わっていないようだ。どこ吹く風という様子で、後ろ足を使い耳をかいたりしている。……これは、全然相手にされてないな。

カイが家を出て行ってひと月が経とうとしている。その間、彼と連絡は取っていない。連絡先を知っているのだから、メッセージを送ろうと思えば送れるのだけれど、敢《あ》えて私からは送っていない。

というのも、彼の私に対する気持ちを確かめたかったのだ。

彼が私のことを好きで、本当に戻ってくるつもりがあるのなら、彼のほうから連絡が来るはずだから、それを待とう、と。

でも、そうしているうちに一か月だ。そろそろトレンチコートが必要になるような季節に入り、最近は、もうあまり期待をしなくなっていた。

彼は私のことを好きだと言ってはくれたけど、それは何というか……盛り上がっていたときの話だったのだろう、と。

私が告白したものだから、何となく流されたのかもしれない。

いや、もっと言ってしまえば、最初からその気なんてなかった、という可能性だってある。「好きだ」という言葉は、すこしの間家に置いてくれた私へのせめてものお礼にと、彼がついた嘘。

そうだとすると、私はまんまと彼にだまされたことになる。

「……結局、カイは何者だったのかな……」

せめて、無理やりにでも本名くらいは聞いておくべきだったろうか。

アメリに訊《たず》ねて答えが返ってくるとは思っていないけど、誰かにボヤかずにはいられない。

このアメリに対しての独り言も復活してしまった。今まではカイがいたから、家での会話の機会が増え、必要なくなっていたのに。最近はもっぱら彼女に吐き出すことで発散している。

カイが出て行って数日は、死ぬほど寂しかった。

死ぬほど、というのはあながち冗談でもない。少なくとも、自分が生きている意味を見いだせなくなるくらいには落ちこんでいた。

家に帰れば、必ず感じていた彼の気配が感じられなくなり、そのくせ部屋の風景から、思い出ばかりがよみがえってきたりして。泣きながら眠った日もあった。

そんな私の変調は、会社の人間にも察知されていた。

部長は「何か君、痩《や》せたね」と目を瞠《みは》り、理穂ちゃんは「先輩、ちゃんとご飯食べてます?」と気遣ってくれる。そういえばあまり食欲も湧かないから、家にいるときの食事はかなり適当だ。

周囲が心配した眼差しをくれるなか、戸塚だけは何も気付いてないようで、普段と変わらない態度で接してくる。いっそ、そっちのほうが、ありがたかったりするのだけれど。

「アメリ〜、私のこと癒《い》やしてよ〜」

サバトラ模様の毛を舐《な》めて毛づくろいをしている彼女に泣きつくが、知らんぷりだ。

……いろいろ、上手くいかないな。

アメリも、カイにならら身体を擦《す》りつけたりくらいはしてあげるんだろうか。

なんて、気が付くと彼のことを考えてしまっている自分が滑稽《こっけい》だった。

■□■

「瀧川先輩」

次の日の退社時刻、荷物を纏《まと》めていると理穂ちゃんが私のデスクにやってきた。

「あの……もし違ってたらごめんなさい」

そう前置きしてから、彼女は声を潜《ひそ》めて続けた。

「彼氏さんと、何かあったんですか？」

図星だったものだからドキッとする。私は瞬間的に何も返すことができなかった。

「やっぱりそうなんですね。……別れた、とかじゃないですよね？」

返事はなくとも、私の表情が物語っていたのだろう。理穂ちゃんが確信めいた口調で言ったあと、さらに問いを重ねる。

「……どうかな」

私は声を絞り出すようにして答えた。

この状態って、どうなんだろう。そもそも、付き合っているのかもわからないのに。

「あんなにラブラブだったじゃないですか」

理穂ちゃんは、酷《ひど》く残念そうな表情をした。会社の人たちにはそういう姿を見せていたのだから、おどろかれても仕方がないのかもしれない。

「やっぱり、無理だったんだと思う……」

白いデスクの表面に視線を落として言う。

そう、私とカイの関係は、最初から歪《いびつ》だった。普通じゃなかったのだ。

冷静に考えてみればわかる。本気の恋愛をするような出会い方じゃない。

本当の名前すら教えてもらえない関係で、何が『好き』だ。何が『愛してる』だ。そんなのあり得ない。

私はきっと、体《てい》よく遊ばれてしまったのだろう。その事実を、時間が経ってだんだん受け止められるようになってきていた。

「彼氏さん、先輩のこと大事そうにしてましたけどね……」

それは演技だから。真実を話したかったけれど、止めた。誰かに教えるべきことじゃない。

「なぁ、瀧川」

私と理穂ちゃん、ふたりで同時に声のほうを振り返った。戸塚だ。

「……何よ」

「ちょっといいか」

戸塚が用事？　……ニヤニヤした顔をして、何だろう。

「……あ、わたし、失礼しますね」

気を利《き》かせたのか、理穂ちゃんが、頭を下げてその場を離れていく。

「こっち、来てくれる？」

戸塚は顎《あご》でエントランスの方向を示すと、勝手に歩き出してしまう。

私はそれに置いて行かれないようにと慌てて立ち上がり、あとを追った。

彼が入って行ったのは、エレベーターホールの向こう側にある、わが社の喫煙ルームだった。

でも、戸塚は煙草を吸わないはず。もちろん、私も。

「ここが一番、ゆっくり話せるからさぁ」

私が扉を閉めると、彼はやたらと上機嫌に言った。

退社時刻がすぎているので、いつもならゆらゆらと紫煙《しえん》の漂《ただよ》う部屋には、誰の姿もない。

「いいけど……何なの？」

中央に置いてある灰皿からというか、部屋全体から煙草の匂いがする。煙草があまり好きではない私は、その匂いだけでやや不快だった。

私が訊《たず》ねると、彼はにやけ顔のままに口を開いた。

「お前、あのイケメン彼氏と別れたんだってな？」

「えっ」

戸塚はまだ、そのことを知らないものと思っていたから、反射的に声がもれる。

「経理部の子たちと理穂ちゃんがそうじゃないかって話してるの聞いちゃったんだよなー。『瀧川先輩が元気ないのは、そうに違いない』って」

「だ……だったら何。どうせ振られると思ってたーとか、追い打ちかける気？」

コイツなら言い出してもおかしくない。まったく、傷心の真っ只中だっていうのに、どうしてそんな二次被害まで受けなきゃいけないのか。ところが——

「そんなわけないだろ」

戸塚は、人差し指をチッチッと振って見せてから否定した。それどころか。

「それって、オレと付き合うために別れた、ってことなんだろ？」

「は？」

一瞬、思考が停止した。……え、何で？

「オレには最初からわかってた。瀧川、お前はいずれアイツじゃなくてオレを選ぶだろうって」

「いや、だから何で？」

「瀧川はまだ自分の本当の気持ちに気付いてないだけだったんだ。本当はオレのことが好きなはずなのに、目の前に現れた超ド級のイケメンによって、判断能力が鈍《にぶ》ったんだろうなぁ」

「……？」

言ってる意味がわからない。

私がぽかんとしている間に、なおも戸塚の勘違い節が続く。

「オレはそういう小さなことは気にしない、おおらかな男だから。瀧川の寄り道を許すことにしたんだ」

「はぁ……」

「だから、オレに気持ちを伝えるなら今だ。ほら！」

あろうことか、暴走した戸塚が、私の両肩にぽんと手を乗せてきた。

そして、自分のほうへと引き寄せようとして――

「っ！」

無理。無理無理無理無理無理、何が何でも絶、対、無理!!

思うよりも早く、先に手が出てしまった。

私は彼の動きを止める意図も兼ね、両手でバチンと彼の両頬を挟むように叩いた。

「ぎゃっ！」

戸塚はひしゃげたような悲鳴を上げると、私からぱっと両手を引き、それをそのまま自分の両頬に持って行く。

「な――何も本気で叩くことないだろ～、冗談なのに～」

「当たり前でしょ！　本当なら誰か人でも呼んでるところよ！」

武士の情けで、これくらいで勘弁してやることに、むしろ感謝してほしい。これ、セクハラって言い張れるんだから。というか、冗談かどうかも怪しい。

私は、怒りのままに続けた。

「何度も言ってるけど､私は戸塚と付き合う気なんてないの！　いい加減わかってよ！」

勘違いもここまでくると病気だ。わかりやすく冷たくしているのに、どうして自分に気があると思うのか、もしくは、あってほしいと願っているのか。不思議でならない。

「またまた、そう言って。本当は照れ隠しのくせに」

「もう一発叩かれたいの？」

やや赤くなった両頬を擦《さす》りながら言う戸塚に、私はドスを利《き》かせた声で訊《き》いた。

その折れない自信はどこから来るのだろう。精神的に弱り切っている私は、彼の鋼《はがね》の心臓を分けてもらいたい気分だ。

「遠慮するなよ～。彼氏と別れて寂しいんだろ。その心の隙間をオレが埋めてやる、って言ってるのに」

「あんたに埋めてもらう隙間なんてないから、放っておいてよ」

私はきっぱりと首を横に振って答えた。

戸塚にカイの代わりなんてできっこない。

いや、戸塚じゃなくても、世のどんな男性であっても、カイの代わりにはなれないだろう。

もし、カイ以外の人と付き合ったら、と想像してみようとするけれど……

悔しいけど、今はまだ別の男の人のことなんて、考えられない。

ほしいのは彼氏じゃない。カイだ。傍《そば》にいてくれるのは彼じゃなきゃ、意味がない。

「瀧川は、頑固だからな～。……認めないと思ったよ」

戸塚はやれやれと肩を竦《すく》めてから、わかったような口ぶりで言った。

「ま、素直になったら、いつでもオレのところに来ていいんだからな。そのとき、オレがまだフリーだったらの話だけど」

そしてなおもポジティブすぎる発言を重ねる。

「余計なお世話！　話が終わったなら、私もう行くからね！」

これ以上は不毛だ。無駄なことに時間を使ってしまった——なんて考えつつ踵《きびす》を返して、荷物を取りにオフィスのなかへ向かう。

さすがに、ひっぱたいたのはやりすぎだったか……いやいや、そんなことはないはず。あれくらいやらないと、戸塚にはわからないだろう。むしろ、最後の言葉を思い出す限り、叩いても理解してもらえなかったような気がする。

私はふと、二か月前に戸塚から映画に誘われたときのことを思い出した。

あのときは、とにかく戸塚とのデートがいやだったんだなぁ、と。でも、今は違う。戸塚だけでなく、誰でもダメなのだ。——カイでない限り。

私をだましたであろう人のことをいつまでも想い続けているなんて、無様《ぶざま》だろうか？

……でも、それでもいいんだ。やっぱり今はまだ、カイのことを想っていたい。

この気持ちがすこしずつ薄らいでくるそのときまで、カイに恋をしていたい。

……それくらい、いいよね？

■□■

そんな想いの強さゆえか――。その夜、奇跡が起こった。

金曜日の夜なのに、まっすぐ家に帰るなんて寂しいな――

心に吹く隙間風の塞《ふさ》ぎ方を模索《もさく》しなければ、なんて考えつつ自宅のポストを開けると、郵便物のなかに、差出人の書かれていない封筒があることに気付いた。

消印は隣県。心当たりはないのだけれど……

部屋に戻り、早速封を開けてみる。

すると、小さなメモ紙にイベントチケットのようなものが添えられ、クリップで留めてある。

私はまず、メモ紙の内容を目で追った。

『遅くなってごめん。一華に会いたい。　カイ』

「カイからだ……」

目頭が熱くなる。カイは、私との約束を守ってくれたんだ！

同封されていたチケットに視線を滑《すべ》らせる。

「『名波彰悟ピアノリサイタル』……」

……ななみ、しょうご？

名波彰悟――それって、あの天才ピアノ少年と同じ名前！

えっ、まさか本人!?　いや、でも……ううん、あり得る。

あれだけピアノが上手かったのだから、プロになっていたっておかしくはない。

しかし、どうしてカイが彼のリサイタルのチケットを送ってきたりするんだろうか。

ピアノが好きと話していたから、一緒に行くために取ってくれた、とか？

それとも天才ピアノ少年の話を覚えていて、ピンときたとか？ ……うーん、でも名波くんの名前なんて出したかな。覚えてないや。

とにかく――カイに会えるうえに、ずっと引っかかってた名波くんのピアノも聴けるってことだよね。

このひと月分の気持ちの重さが、すべて帳消しになるくらいのいい知らせだ。

チケットの日付は今週末――明日だ。また、いつも突然なんだから。

でもこんな突然は許す。早く、カイに会いたい。

私はその夜、遠足前日の子供よろしく、ルンルンでベッドに潜《もぐ》ったのだった。

翌日、お昼からのリサイタルに間に合うように、早めに起床する。

こんなに気分が弾む週末は久しぶりだ。鏡に向かう顔も、自然と笑顔になる。

服は、一緒に映画を観に行ったときのドッキングワンピースの上に、黒いカーディガンを羽織っていくことに決めた。

会場は都心のコンサートホールだ。客席は二百ほど。

正直、私が今まで足を運んだなかで一番大きな会場だ。

個人のピアノのリサイタルでそんなに集客できるなんて、よほど人気があるのだろう。

会場に着くと、すでに八割くらいのお客さんが入場していた。

私の席は――えっ、一番前のセンター、本物のアリーナ席だ。

こんなに間近でプロの演奏を聴けるのは嬉しいけど、何か、すごく緊張する……

しかも、周りは業界関係者っぽい雰囲気の人ばかりで、皆派手なドレスや高そうなスーツを身に纏《まと》っている。

あれ、あの女の人知ってる！　私、彼女のＣＤ持ってるし。

口には出せないけれど、非日常な空間に興奮した私は、心のなかで叫んだ。

それにしても……カイはどこにいるのだろう。

この会場に来れば会えると思っていたのに、それらしき姿は見当たらない。

私の両どなりのどちらかが彼の席かと思いきや、見知らぬおじさんとおばさんがすでに着席していた。

チケットに添えられていたメモには「会いたい」って書いてあったから、必ず本人は現れるんだろうけど……

あれこれ思い巡らせているうちに、会場の照明が落ちた。

スポットライトが舞台中央のグランドピアノに落とされて、袖《そで》から演奏者である名波くんが現れる――

「っ！」

黒いシャツと、やや艶《つや》やかな光沢《こうたく》のあるグレーのパンツに、先の尖った革靴、という、ピアニストの衣装としては砕けた感じの衣服を纏《まと》っているのは、見覚えのあるイケメン。

私がひと月の間ともに生活していたカイ、その人だった。

名波くんが、カイ……？　えっ、えっ。まだ頭が整理できない。

カイは、自分のリサイタルに私を呼んだということ？

カイ――いや、名波くんと呼んだほうがいいのだろうか。名波くんは、舞台の中央までやってくると、深々と観客に一礼した。すると、約二百人の観客が一斉に拍手をする。私も慌ててそれに倣《なら》った。

どうして考えつかなかったのだろう。カイに出会ったとき、名波くんに似ているな、なんて思ったりしたのに。

彼はピアノの椅子に座ると、軽く両手を振るような仕草をしてから、鍵盤《けんばん》の上に指を這《は》わせた。

奏《かな》ではじめたのは、黒鍵《こっけん》のエチュードだ。軽やかなメロディがホール全体に響き渡る。

中学生のあの夏の日の光景が、瞼《まぶた》の裏によみがえる。ピアノのレッスンを終えた帰り、教室から聴こえてくる名波くんのピアノ。

あのときよりももっともっと完成された演奏に、つい聴き入ってしまう。

あっという間の一分半。演奏を終えた彼は、観客の拍手を一身に受け立ち上がった。

そして、袖《そで》にいたスタッフから、マイクを受け取る。

「名波彰悟です。本日は、僕のピアノリサイタルにお越しいただき、ありがとうございます」

ステージの上だからか、かなりしっかりとした喋《しゃべ》り方だけれど、やっぱり彼の声だ。

「最初にお聴きいただいたのは、ショパンの『黒鍵《こっけん》のエチュード』です。子供のころから、この曲で指ならしをしていました。僕のリサイタルでは、最初の演目は必ずこれにさせてもらっています。そうじゃないと、これから弾くぞって感じが出ないんですよね」

言いながら名波くんも笑ったので、会場にも笑いが起きた。

舞台の上の彼が、私に一瞥《いちべつ》をくれる。そして彼は、いつもの悪戯《いたずら》っぽい笑みを浮かべた。

私の頭のなかで、やっとカイと名波くんがつながった。バスケットのゴールに、投げたボールがスポッと小気味よく落ちていったときのように、すんなりと腑《ふ》に落ちる。

間違いない。カイは、あの名波くんだったんだ。

それからは夢のような時間がすぎた。子供のころから記憶に残っていた名波くんの演奏を、こんなに近くで聴くことができる。

しかもそれが、私の大好きな人の正体だった、なんて——。まるで、ドラマのヒロインにでもなったかのようだ。

「次が最後の演目になります」

マイク越しに、名波くんが言った。

「最後の演目は、僕が最近演奏者としてやらせて頂いたお仕事の楽曲です。最近公開された映画のなかで使われているので、耳にしたことがある方もいらっしゃるかもしれません」

そこまで言うと、彼は明らかに私へと視線を向けて続けた。

「この曲は、今日この会場に足を運んでくれている、僕にとって一番大切な女性との、思い出の曲なんです。だから——この曲だけは、彼女のためだけに弾かせてください」

突然打ちあけられた「彼女」の話に、客席がどよめく。しかし名波くんは、そんな反応をものともせずに堂々とお辞儀をして、ピアノの前に戻る。

弾きはじめたのは、聴き覚えのあるメロディだった。

『ラブリー・ストレンジャー』の挿入曲だ。

偶然一緒に観たあの映画のピアノ演奏者は、名波くんだったのか。

甘く、切ない旋律《せんりつ》を聴きながら、演奏する彼の姿がぼやけてきてしまう。

涙が溢《あふ》れて止まらない。だって――

『この曲は、今日この会場に足を運んでくれている、僕にとって一番大切な女性との、思い出の曲なんです。だから――この曲だけは、彼女のためだけに弾かせてください』

これだけ大勢の人の前で、私のことを「一番大切な女性」だと言い切ってくれた。

それが嬉しくてたまらない。カイ――名波くんが、私をそう想っていてくれることが。

演奏が終わると、私は彼に今日一番の拍手を送った。

■　□　■

その夜、カイ改め名波くんが私の自宅にやってきた。

「部屋、全然変わってないな」

「一か月じゃ何も変わらないよ」

「それもそうか」

彼は勝手知ったるといった様子で部屋のなかに上がりこむと、ローテーブルの前に座った。

「喉乾いた」

「はいはい」

わがままは健在だ。私はケトルに水を入れてセットすると、ベッドに腰かけた。

「それにしても、名波くんなら名波くんだって教えてくれたっていいじゃない。何で黙ってたの？」

日本の若き天才ピアニスト——が正体であれば、何も隠す必要なんてないじゃないか。

「それが、いろいろあってさ」

名波くんの話によれば、彼は音楽事務所と契約しているらしいのだが、その事務所とやらが彼のビジュアルを武器に若い女の子をターゲットにした売り方をしたがっているのだそうだ。そのために女性関係のトラブルはご法度《はっと》なのだという。

「それなのに、知らない女の家に泊まりたいとか言う？　フツー」

「あれはやむにやまれぬ事態だったんだよ」

あの雨の日。彼は海外の音楽祭からの帰りだったのだけど、そのとき自宅の鍵をなくしてしまってることに気付いたらしい。そしてふらふらとさまよい歩き、たまたま通りかかった公園で猫と戯《たわむ》れていると、突然の土砂降り。そこに現れたのが——私。

「事務所に連絡してもよかったんだけど、いい大人が鍵なくすなんて何考えてるんだってガミガミ言われそうで面倒でさ。しかも、あれだけの雨だったし、ひとまず濡れた身体をどうにかしたいって思うだろ」

「じゃあ、あそこで会ったのが私じゃなくて別の女の子でも、家について行ったたってこと？」

そう考えると面白くない。初めて会った女の家に上がりこもうと考えるなんて、やっぱり非常識だし……その、純粋に妬《や》けてしまう。

私が不機嫌に言うと、彼は「いや」と首を横に振った。

「もちろん雨で困ってたってのは大きいけど……一華のこと、最初に気になるって感じたのは、ボールペン、かな」

「ボールペン？」

「バッグから落ちたボールペン。あれと同じの、俺も持ってたから。……昔通ってたピアノ教室のやつだろ？」

私はローテーブルの傍《かたわ》らに置いたバッグのなかから、そのボールペンを取り出した。

ピアノ教室の記念品でもらった、グリップの部分が音符の形のそれを。

「これを持ってるってことは、同じピアノ教室に通ってたってことだから、昔どこかですれ違ったことがあるのかもしれないなって。この都会でそんなヤツに会うって、かなりの確率だなって。それで縁感じちゃって」

「それで強引にうちに来ようとしたんだ……」

ケトルのお湯が沸いたから、シンクの前に移動する。ふたりぶんのインスタントコーヒーを淹《い》れる幸せを、久々に噛み締めた。

「じゃあ、あのエルシーさんとはどんな関係なの?」

「エルシー? 何でエルシーのこと知ってんの」

手渡したコーヒー入りのマグを受け取りながら、名波くんは目を丸くした。

「ごめん……。一回だけ、仕事に行くっていうところを追いかけたことがあって。そのときに会ってた」

「マジかよ。すごい行動力だな」

怒るかなとすこし気を揉んだけれど、身元を隠していた後ろめたさもあってか、彼は別段気にしてはいないようだった。

「エルシーは同業者なんだ。今度仲間内で一緒にリサイタルやろうって話してて。どれくらいの規模で、どこでやる、なんて話をしてただけだ」

コーヒーを一口啜《すす》ってから、彼はそう答えた。新婚旅行じゃなかったんだ……。よかった。

「俺さ、一華には感謝してるんだよね」

そのとき、名波くんがぽつりと言った。

「何、突然?」

「俺を指導してくれてる先生に言われてたんだ。『名波くんは技術はあるけど、それに表現力が追いついてない感じだね』って。それがムカついて、とにかく練習した。子供のころから褒《ほ》められたことしかなかったから、否定されるのが悔しくて」

小さく息を吐いてから、彼が続ける。

「でも、先生も評論家も、なかなか認めてくれなかった。『もっと感受性を磨《みが》け』って、それだけ。そんな抽象的なこと言われても、って弱ってたんだけど……あるときから、急に『成長したな』って言われるようになったんだ。……一華の家で暮らしはじめたときから」

彼はローテーブルにマグを置いて、私の顔を見て笑った。

「一華と一緒にいると、いい刺激がたくさんもらえた。毎日楽しかったし、笑ってる時間も増えた。何より、そのままの自分でいられたんだ。それが心地よくて、自分の家の鍵を新しく作り直して帰れるようになってからも、ここにいたいと思った」

私と同じだ、と思う。私も、名波くんと一緒だと心地いい。

それに、そのままの私でいることができる。

「この家をしばらく離れようと思ったのは、今日、一華が来てくれたリサイタル――あれ、俺が初めて全国を回らせてもらったやつでさ。だから、気合い入れたくて。今日がラストの日だったんだ。このリサイタルの期間中は、いつでもピアノを触れる環境でいたかった」

私の家にはピアノがない。そういう点に置いて、彼は非常にやり辛さを感じていたのだろう。

だからその期間だけはと、家を離れる選択をしたのだという。

「全国回りながら、俺がもっと成長した姿を見せれば、事務所に一華とのことを認めてもらえるとも思ったたし。……事実、事務所からはＯＫ出たしね」

「……えっ？」

「だから一華をリサイタルに呼んだんだよ。これでやっと、本当の俺と向き合ってもらえるってさ」

名波くんは、私からコーヒーのマグをそっと取り上げると、ローテーブルの上に置いた。

そして、私の存在を確かめるように、ぎゅっと抱きしめる。

「……時間かかってごめん。でも俺、ちゃんと迎えに来ただろ？」

「うん……」

彼の胸に凭《もた》れながら頷《うなず》く。名波くんは、ちゃんと約束を守ってくれた。

必ずここに戻って来ると――。その言葉通り、彼は今、ここにいる。

「もっと、本当の俺のこと、一華に知ってほしい」

「教えて。……名波くんのこと、全部、知りたい」

どちらともなく顔を上げる。彼の凛《りん》とした瞳が、私を熱っぽく見つめている。

私たちは、一か月ぶりのキスを静かに交わした。

久々の柔らかな感触。口腔《こうこう》に入って来る舌は、ほのかにコーヒーの味がする。

「んっ……ふ、むぅっ……」

相手を求めてしまうがゆえの、息継ぎの暇もない口付けに移行すると、意識に靄《もや》がかかったみたいにぼんやりとしてきた。

名波くんは片手を後頭部に回して私を支えながら、より深くに舌先を差しこむ。さっきみたいに勢い任せじゃなく、ちろちろと口蓋《こうがい》を舐《な》めたり、じっくり味わうように舌を絡めたりして。

「……っ、はっ、一華、可愛いな。キスだけでもう感じてんの？」

唇を離した名波くんが、からかうように訊《たず》ねた。

「ちっ、違っ……！」

素直に認めるのが嫌で、かぶりを振って答える。

「本当？　その割には目、とろんとしてるけど」

「んっ……ぁっ」

色気を含んだ声で囁《ささや》かれる。吐息が耳に触れると、背にゾクゾクした感覚が走った。

彼は私のブラウスのボタンを片手で外していくと、露《あら》わになったブラのカップにその手を差し入れた。そして感触を確かめるように揉みしだく。

カップのなかで、膨らみが形を変える。

「俺がいない間、他の男と遊んだりしなかった？」

「ふぁっ……んっ、遊んだりなんて、そんなことっ――んっ……」

再びキス。ローテーブルに体重を預けながら、胸の先を弄《いじ》られる。乾いた指先が胸の先端を擦《こす》り上げると、甘やかな刺激にびくんと身体が跳ねた。

それをされると、胸の先が痺《しび》れるみたいに気持ちいい。

「何で？　誘ってくる男とか、いなかったの？　……たとえば、同僚くんとか」

「何でそれ、知ってっ……？」

「見てればわかるよ。彼、本気かどうかは知らないけど、一華のこと落としたいってオーラ、ガンガン出してたから」

お弁当を届けに来てくれたときのことだろうか。

戸塚のアレはもう、執着に近いものがあるから、私のことが好きでとかそういうのではないと思うけど。

「で、一華は、なびいたの？」

「んんっ！」

胸の先端を弄《いじ》る爪先にそっと引っかかれる。

「私には、名波くんだけって……思ったからっ……」

「そんな可愛いこと言われたら、頑張りたくなっちゃうよね」

「あっ……！」

彼は意地悪に微笑むと、両手をワンピースのスカートの下に潜《もぐ》りこませ、ストッキングを下ろす。そして、露《あら》わになったショーツの上にゆっくりと指を這《は》わせた。

初めは恥丘の辺りをなでるように。じきに脚の付け根の中心にある秘裂《ひれつ》をなぞるみたいに往復させる。

「もう濡れてるよ」

彼がわざとらしく私の顔を覗きこんで煽《あお》る。羞恥《しゅうち》にかあっと顔が熱くなるのがわかった。

布地に指先を擦《こす》りつけて確認する彼の指摘通り、私のそこはすでにさらなる刺激を期待して濡れている。

「もしかして、同僚くんと何かあった？　こんなに敏感に反応しちゃって」

「ち、違うっ、私、本当にっ……！」

自分でもわからない。彼が触れる場所が、どこもかしこも気持ちよくて。自分でコントロールできないのだ。

「それとも――こないだまで処女だったくせに、意外とインランだったり？」

「あっ……!!」

ショーツのクロッチ部分を押しこむみたいに、ぐりぐりと秘裂《ひれつ》をなでつけられる。水気を纏《まと》った生地が敏感な粒を擦《こす》り上げると、すぐ下の割れ目からとろみを帯びた蜜《みつ》が吐き出された。

「うわ、ちょっと触っただけでぐしょぐしょ。一華のここからいやらしいのがいっぱい溢《あふ》れてきてる……ほら？」

問い掛けつつも、彼は下腹部を弄《いじ》る手は止めない。

「しっ、知らなっ……」

「知らないわけないよな？　これだけ『もっと、もっと』って涎垂《よだれ》らしてるんだし」

言いながら、溢《あふ》れた蜜《みつ》を吸った布地ごとその粒を捏《こ》ねる。

それ、されるとっ……目の前がチカチカするっ！

「素直に認めてくれないと止めちゃうかも？」

「っ、ふ、うっ……」

秘裂《ひれつ》に生じる切なさに吐息をこぼして、私は思いっきり感じていた。

蕩《とろ》けるような愛撫を、止めてほしくない——

「っ……か、感じてるっ……私っ……」

認めてはしたないという自制心と、さらなる快感への期待感とで揺れる。いけないと思いつつ、気持ちは後者に傾いた。

「だからお願い、続けてっ……！」

「ん、いい返事」

私の答えを聞き届け、名波くんは満足げに頷《うなず》く。そしてショーツの隙間から手を差し入れ、直接じゅくじゅくした粘膜に触れた。

「んんっ――！」

遮《さえぎ》るものがなくなり、指の感触を直接受け止める。人差し指でゆるゆると入り口をかきまぜられるとつい喘《あえ》ぎがもれた。

「あんまり声が大きいと。近所に聞こえそうだな？」

ハッと息を呑む。ここが自宅のマンションであることなんて、すっかり意識の外に飛んでいた。

「いっそそのいやらしい声、ご近所さんに聞かせたい気もするけどな」

入り口をかきまわしていた人差し指を、彼が膣内に差し入れる。つぷ、と音を立てて第一関節までを呑みこんだ。

「ひぅっ……！」

「ここ、また拡げてやるから――こんな風に……」

入り口の縁《ふち》の上部にある粒を親指で優しく擦《こす》り上げながら、彼の手は徐々に奥へ奥へと進んでいく。すこしの痛みや違和感を覚えていたものの、指の付け根が秘裂《ひれつ》にぶつかところにはそれも消えた。

「もう一本、挿《い》れるからな？」

「あっ、あぁぁっ……！」

膣内の指が二本に増える。圧迫感は増したけど、不思議と恐れていた痛みはやってこなかった。私の反応でそれを悟ったようで、彼は揃えて動かしていた指をなかで縦に開いたり、横に開いたりする。

それによって刺激を加えられる場所が違って——

「はぁっ、ふぅんっ……あぁっ……！」

やだ。変な声、抑えられなくなる……！

「いいね、色っぽい顔。すごくそそられる」

「……！」

「隠すなよ。一華の感じてる顔、見せて」

恥ずかしくて顔を覆ったけど、名波くんに命じられると抗《あらが》えなくて、その手を下ろす。

「そうそう、素直じゃん。じゃあご褒美」

名波くんはそう言って差しこんだ二本の指を鉤《かぎ》型に曲げると、浅くザラザラしたところを緩急をつけ擦《こす》り上げた。

「あっ……いやあっ……！」

何これっ……!?　こ、こんな感覚知らない……!

強すぎる刺激に背がしなる。くちゅくちゅと響く水音さえも鼓膜をくすぐり、快楽を助長させる。

「ここすごく気持ちよくない？　……あ、そんな暴れるなって」

「だってこんなのっ……お、おかしくなっちゃうっ……!」

未知の快感が恐ろしくて、愛撫を中断してもらおうと思ったけれど、彼はそれを許してくれない。

「おかしくするためにしてるんだから。これ、イイだろ？」

「ぁ、あぁんっ……ゃあうっ……!」

イイなんてものじゃない。身体が何処《どこ》かに飛ばされてしまいそうなくらいのすごい感覚だ。

「答えを聞くまでもないか」

彼が視線を俯《うつむ》けて笑ったので、私もそちらへ目を向ける。気付けば、私が分泌したものがフローリングの床に染みを作るまで滴《したた》っている。

「こんなにしちゃって、恥ずかしいな、一華。まるで、おもらししたみたいだ」

その染みを差し示して、名波くんが囁《ささや》く。

「それ、脱いじゃえよ。もうびしょびしょで気持ち悪いだろ」

「う……うん」

うう……消えてしまいたいくらい恥ずかしい。まだ二回目だっていうのに、私の身体はいったいどうなってしまったのだろう。

私は濡れて貼りつくような感触のそれを脱いで、傍《かたわ》らに寄せた。

「一華だけ気持ちよくなるなんて、ずるいな。……俺のことも、気持ちよくしてくれるだろ？」

彼はそう言うと、ベッドに座って、もどかしそうにジーンズのベルトを解《と》いた。カチャカチャと金属質な音が響く。

ジーンズを脱いでしまうと、ダークグレーのボクサーパンツが露《あら》わになる。その中心は、彼の高ぶりを示すように隆起していた。

「これ、気持ちよくする方法……教えてもいい？」

これ、と言いながら、彼は自身の隆起した部分に触れてみせる。よく見ると、その中心部分の生地は、彼が分泌したもので濃いグレーに変色している。

それを見て、私の身体もさらに高ぶっていくのを感じた。私の身体に触れ、私に快楽を与えることで、彼自身も興奮しているのだ。

「教えて……私も、名波くんのこと、気持ちよくしたいから……」

彼は私に跪《ひざまず》くように示してから、手を引いて自分の高ぶりに導いた。

熱い塊《かたまり》が、ボクサーショーツの生地を押し上げているのがわかる。

「ここ、捲《めく》ってみて」

「っ……」

ウエストの部分を軽く引っ張りながら、名波くんが指示する。

いきなり、ハードルが高い。捲《めく》ってことは、直接彼のアレが目に触れるということだ。

「で、でも……」

私は躊躇《ちゅうちょ》した。いきなり、いけないことをしている気分になったからだ。

もちろん、前にも見てはいるのだけど、以前とは距離感も違うというか……

「いいから、大丈夫」

頭のなかで言い訳を組み立てていると、名波くんにうながされた。

「……わ、わかった」

ちょっとオドオドしつつ、ボクサーパンツのウエストに手をかける。

そして、覆っているものを露出するように、そのまま下に引っ張った。

「っ！」

こぼれ落ちるみたいにして、彼自身が露《あら》わになった。

こうして近くで見るのは初めてで、どうしていいのかわからなくなる。

前のときも不思議な形状だとは思ったけれど、間近で見ると余計にそう感じた。意思を持った別の生き物とでもいうか、身体の一部であるのが不自然なフォルムだ。

「口でしてみてくれる？」

「くち、で……？」

口でということは、つまり……私の口や舌を使って、彼を気持ちよくするということだ。

「そう。……ゆっくりでいいから、やってみて」

「……」

私はこくんと頷《うなず》きながら、彼自身に手を伸ばし、幹の部分に触れてみる。

熱い。それに、硬くて……すこしつるつるした感触だ。

顔を近づけると、独特の匂いがした。これが名波くんの香りなんだと思うと、愛しく感じて、身体の奥が切なく疼《うず》く。

彼自身の潤《うるお》いで、先端の部分が濡れている。舌を伸ばして、その部分をぺろりと舐《な》めてみた。ちょっとしょっぱい感じがする。

「どう、平気そう？」

「んっ……」

私は頷《うなず》きつつ、二度、三度と舌を動かしてみる。幹のくびれたところに舌先が当たると、彼は小さく呻《うめ》きながら腰を震わせた。

……ここが、気持ちいいんだろうか？

「それ、イイっ……」

セクシーな吐息とともに、名波くんは私の仮説を裏づけてくれる。

「できれば、口に含んでみてっ……」

「わかったっ……」

名波くんがそれを望むのであれば――と、彼の根元の部分に指を添えて、ぱくっと口のなかに含んでみた。歯が当たらないようにと気を付けながら、舌を押し当てる。

「一華の口の中、温かくて気持ちいいよっ……」

拙《つたな》いだろう私の愛撫に反応してくれるのは、素直に嬉しかった。

私は舌だけでなく、上下の唇を使って挟んだり、扱《しご》いたりしてみる。その度に、彼自身がびくんびくんと跳ねて、興奮を伝えてきた。

彼の身体の一部を咥《くわ》えるというのは妙な感じだし、同時に、ただ舐《な》めているときよりもいやらしいことをしているという背徳感が強まって、ゾクゾクする。

「はぁっ……俺の舐《な》めてて、いやらしい気分になってきちゃった？」

私の頭を優しくなでながら、名波くんが意地悪に問う。

「だって、舐《な》めてるだけなのに……一華、また愛液が垂れてきちゃってる」

いる。

「っ！」

指摘されて、また私は恥ずかしくなった。自分の下半身に視線をやってみると、確かに彼の言う通り、ワンピースのスカートの下、膝の内側あたりに一本、光の筋が下りている。

「俺のを口に含んでいるうちに、一華も気持ちよくなっちゃったんだ……可愛いな」

「ち、がうの、これはっ……！」

私に刺激が与えられたわけじゃないのに反応してしまう自分が異常に思えて、つい否定をするけれど、あとに続く言葉が思いつかない。

私って、本当にインランなのかもしれない……！

「それくらい、俺のことを想ってくれてるってことなんだろ」

名波くんはそう言うと、「もういいよ」と示すように、私の頭をぽんぽんと叩いた。

それからベッドから腰を上げると、

「……一華のことも、もっともっとよくしてやるから。ベッドに手、ついて」

彼が耳元で新たな指示を与えてくる。

名波くんに言われるまま、ベッドに両肘から先を乗せた。そうすると、下半身は腰を突き出す形になる。

「名波、くんっ……」

「一華……」

興奮に濡れた声で、名波くんが私の名前を呼んだ。

「……彰悟」

「え？」

「俺のこと、彰悟って呼んで」

そうか。名波くんは、私の彼氏でいいんだよね。

それなら、下の名前で呼んだって――

「しょ、彰悟――お、お願いっ……」

「うん。挿《い》れるよ？」

ワンピースの裾を捲《めく》り上げると、後ろから彼自身がゆっくりと挿入《はい》ってくる。

「あぁっ……!!」

存在感のあるそれに膣内を擦《こす》り上げられ、鼻にかかった声がこぼれた。

「……まだちょっとキツいな。平気？」

「だっ、大丈夫っ……ふぅんっ……」

前回と違って痛みはなかった。むしろ、もっと深くを貫いてほしいと思ってしまうほどだ。

私が頷《うなず》くと、彰悟は抽挿《ちゅうそう》をはじめる。

私の身体の奥や手前を、彼自身がゆるゆると突いていく。

「――ずっと、会ってこうしたかった……」

「ぁ、あぁっ……わ、私もっ……！」

この一か月、どれだけ会いたいと思ったか。

まさかこうやって、また身体を重ね合わせることができるなんて、思ってもいなかった。

しかも、お互いが同じ気持ちを抱いたまま。

「膣内、俺のこと食いついて離さないって感じ。……そんなにほしかった？」

「はぁっ……うんっ……ほしかったのっ……！」

腰を支えて抜き差しを繰り返す彼が加虐的に放つ言葉に、私は恥を捨てて素直に答えた。

顔を見合わせることのないこの体勢なら言えると思ったのだ。

「素直な一華、可愛い」

「んんっ……」

「普段もそれくらい素直だと、もっと可愛いんだけどな」

おそらく軽口なのだろうけれど、身体の芯を満たす快感のほうが大きくて、それに反論する余裕はなかった。

「繋《つな》がってるところもひくひく痙攣《けいれん》して……すごくエロい」

私の膣内にいる彰悟の質量が増した気がした。……私の痴態《ちたい》に、彼がさらに興奮してくれているのがわかる。

「俺のこと、好き？」

「うんっ……大好きっ……彰悟が好きっ……！」

彰悟は激しく内部を穿《うが》ちながら、もう一度下腹部の熟れた突起に触れ、指先で転がしてくる。

感じる場所を同時に弄《いじ》られると、気持ちいいのがとまらないっ……！

私、もうっ……！

「も、ダメっ……何か、きちゃいそうっ……！」

大きく高い波に呑みこまれそうなイメージだった。身体は火照《ほて》って熱いのに、背中がゾクゾクしたちぐはぐな感じがする。まるで、知らない世界に連れて行かれてしまうような。

「……一華、今、最高に気持ちよくしてやる」

そう言うと、彼の腰を打ちつける間隔が短くなる。

それに伴い、気持ちいいという信号が届く間隔も短くなった。

繋《つな》がったところがたまらなく熱い。灼《や》けそうなくらい、熱いっ……！

「あっ——あぁぁああっ……！」

程なくして目の前が真っ白に染まった。足の先がピンと伸びて、そのあと、弛緩《しかん》する。

彰悟の感触が膣内から消えたあと、お尻に温かい飛沫《ひまつ》を感じる。

それが彼の快楽の残滓《ざんし》であると、荒い呼吸のなかで悟った。

■□■

週明けの月曜日の、夕刻。

私が通勤路の公園に到着すると、彰悟は土管のトンネルのなかを覗きこみ、そこにいるだろうアメリを構っているところだった。

「お帰り、一華」

「ただいま」

彼は私を振り返ってそう言ったあと、再び土管のなかに視線を向けた。

「アメリ、出て来てくれないんだよな」

「えー？　あんなになついてたのに」

「しばらく会いに来なかったから、拗《す》ねてんのかな」

残念そうにボヤく彰悟。一生懸命手を差し入れたりして気を引こうとしているけど、ちっとも寄ってこないらしい。

「虫の居所でも悪いんじゃない？　猫って気まぐれだし」

加えてアメリは女の子。女心っていうのは、難しいのだ。

「そういうもんかな」

「そういうものだよ。また機嫌のいいときに遊んであげたら」

彰悟はやれやれといった風に立ち上がった。

「でも、そう考えると不思議だよね」

「何が？」

彰悟が首を傾げる。

「あの雨の日。アメリが彰悟に心を開かなかったら、彰悟はここを通りすぎてたかもしれないじゃない。もしそうだったら、私と彰悟は出会ってなかったでしょ」

「ああ」

言われてみれば――そんな雰囲気で、彼は頷《うなず》いた。

「なら、アメリに感謝しなくちゃ。今こうして私と彰悟がふたりでいられるのは、この子のおかげなんだもの」

「……そうだな」

私たちは顔を見合わせて笑った。世の中は結構、そういう偶然で成り立っているものなのかもしれない。

ある雨の日、私が猫の代わりに拾った知らない男は、今、私の愛する恋人になっている。

こんな素敵な偶然を、いつまでも大切にしていきたい。

「彰悟、今日は何食べたい？」

「んー、腹にたまるもの」

「何それ。範囲広すぎ」

私たちは今日の夕食の計画を立てながら、帰路に就《つ》いたのだった。

幸福への前奏曲《プレリュード》

「一華、引っ越ししようか」

彰悟がそう言ったのは、夕食が終わり、互いに入浴をすませたあとだった。ベッドを背凭《せもた》れにして、今はふたりでお茶を飲んでいる。

コーヒー派の私たちだけど、眠れなくならないように、就寝前はノンカフェインのハーブティーを飲んでいる。今日はミントやシトラス系がブレンドされたものだ。ふたりで買ったものを、気分によって選ぶのは結構楽しい。

「引っ越し？」

鼻に抜けていく爽《さわ》やかな香りを楽しみつつ、彼に目線を向ける。

「そう。ふたりで住むには、この家はすこし狭いかなって思って」

「私もそう思う」

それは同居をスタートしたときからずっと感じていた。そもそも、同居ＯＫの契約ではない、という問題もあるし。

七畳＋三点ユニットのバスルームにふたりで暮らすのは、距離感が近いといえば聞こえがいい。

けれど、それはイコール、離れるほどのスペースがないということを意味する。ひとり暮らし歴が長い私にとって、自分だけの空間がないのは辛いときもある。

彰悟のことは好きだし、一緒にいたいと常々思っているけれど、仕事で疲れたり落ちこんでいたりするときは、ひとりになりたい瞬間もあるのだ。

そういうとき、自分の部屋、とまでは言わないけれど、寝室とリビングがあれば、ひとまず別の空間に移動することはできる。

かといって、今まで彰悟が住んでいた部屋に移る――というのも、これまた難しい。

なぜなら、彼の部屋は大きなグランドピアノがでーんと鎮座するワンルームなのだ。窮屈《きゅうくつ》すぎて、とても私が引っ越せる環境ではない。

互いの部屋が無理ならば、もう新しい部屋を探すしかない。

「あとやっぱり、ピアノを置きたいんだ。仕事的にもなるべく触っていられる環境が絶対だし、そのためには防音が効いてる部屋のほうがいい」

「うんうん、そうだね」

私は大きく頷《うなず》いた。

ピアニストにピアノは必要不可欠だ。むしろ、今までよく耐えられたと感心する。

本人曰《いわ》く、私と一緒に生活していた一か月は、打ち合わせや個人レッスン、全国ツアーのリハがメインで、演奏会はなかったそうだ。だから、四六時中ピアノに触れていなくてもなんとかなっていたらしい。けれど、これからはそうはいかない。すこしでも多くの時間、ピアノに触れられる環境にいたいというのが本音だろう。私も、その提案には大賛成だ。

「それにさ」

ちょっといたずらっぽく細められた瞳が、私を覗きこんだ。

「しっかり防音できる部屋のほうが、いろいろ便利だろ？」

「い……いろいろって？」

「たとえば——こんなことするとき、とか」

言いながら、彼は私の部屋着のワンピースの上から、胸の膨らみに触れる。

そして、その膨らみの中心にある突起を探り当てるみたいにして、人差し指と親指でそこをきゅっと摘《つま》み上げた。

「んっ！」

それだけで、身体が否応《いやおう》なしに小さく震える。

「感じる？　ここ」

「そんなっ……」

囁《ささや》きのトーンで煽《あお》る彼の声に、羞恥《しゅうち》でゾクゾクした。

「否定しなくたっていいじゃん。気持ちいいなら、認めろよ」

「んぅっ……」

人差し指と親指で挟んだその場所を、ぐりぐり弄《いじ》られる。私は、滲《にじ》むように生じる快感に耐えながら呻《うめ》く。

「気持ちいいんだろ？」

質問形式ではあるけれど、確信を持った言い方が意地悪だ。

エアリーな前髪から覗くパッチリ二重《ふたえ》の目は、こういうときにはいつもとは違った輝き方をする。まるで、私が恥ずかしがるのを面白がるみたいに。

『天才ピアノ王子』が聞いてあきれる。特に『王子』の部分。

彼に実はこんなドSな本性があるだなんてこと、女性ファンたちは知らないのだから。

「続き、したい？」

「……わかってるくせに」

それを私自身の口から言わせようとするのが気に食わない。

だけど、きちんと言葉にせずにごまかそうとしても、このサディストが許すはずもない。

「一華の言葉で聞きたい。……続き、したい？」

いくら見慣れてはいても、そんな整った顔で要求されたらクラッときてしまう。

「……し、たい」

結局私は、せがむように言った。

「続き、したい……して？」

私の答えを聞き届けると、彰悟は満足そうに微笑んだ。そして、私をベッドに抱き上げ、深く口付けを落とす。

そのとき、ローテーブルに置きっぱなしだった彼のスマートフォンが震えた。

メッセージやメールの場合と違い、長く続く振動。それは、電話の着信であることを示している。

時間も時間だというのに、一体誰なんだろう。

スマートフォンが振動し続けているにもかかわらず、彼はそれを無視して、私の唇を啄《ついば》んでいる。

「はぁっ……電話、出なくていいの？」

唇を離したすきに、訊《たず》ねてみる。スマホはまだ震えていた。

思えば最近、今くらいの時間に彼がメッセージアプリのやり取りをしていたり、通話をしていたりということが多いような気がする。

「今は、一華との時間だから」

「でも、仕事の電話かもしれないし」

というかおそらく、その電話は仕事に関してだ。彼はスマートフォンで仕事の話をするとき、かならず部屋を出て、マンションの一階まで下りて行く。このところ連日のように、彼は今くらいの時間、スマホを持って部屋から出ていた。

「こんな時間にかけてくるほうが悪い」

「んんっ……」

彼はもう一度そう言うと、再び唇を重ねてくる。

今は私との時間を選んでくれているという、優越感のようなものに浸《ひた》りながら、彼の舌の感触を味わう。

電話の振動が止まるころに唇を離した彰悟は、私の額《ひたい》にこつんと自分のそれを重ね合わせた。

「脱いで」

そう囁《ささや》く。私は恥じらいつつも、ワンピースを脱いでベッドの下に落とした。

衣服を纏《まと》ったままで身体を重ねるほうが羞恥心《しゅうちしん》は少ないのだけれど、素肌で抱き合うほうが彰悟の体温が伝わってきて、より一体感を得られるような気がする。

ブラ、ショーツと順番に脱いでいく間に、彰悟のほうも生まれたままの姿になっていく。

「一華の身体、いつ見ても綺麗だよ」

「……っ、そ、そんなことないもんっ……」

露《あら》わになった肢体に、なでるような視線を向けつつ彰悟が言う。

自分が特別整ったプロポーションだとは思っていないし、事実そうでもないと思う。だから、そうやって褒《ほ》められるのはすこし抵抗があった。

「俺がそう思ってるんだから、いいじゃん」

そう言い切った彰悟は、ベッドマットに膝をついて身体を支えながら、私の胸の膨らみを、両手のひらでマッサージするように捏《こ》ねる。

「んぅっ……」

下から上へ持ち上げる仕草で、彼の指が私の胸に優しく触れている。私の白い肌に、すこし日に焼けた彼の指先が映った。

「今日はちょっと、焦《じ》らしてみようかな」

まるで実験でもするみたいな口調で呟《つぶや》いた彼は、今度はバストの外側から内側に向かって、円を描くように揉みしだいていく。

「焦《じ》……らす？　んっ……！」

愛撫を続けながら、彼は膨らみの下の、ブラのアンダーにあたる場所を舌先でくすぐりはじめた。まるで、ブラの線を辿《たど》るみたいなその動きに、くすぐったさともどかしさが同居したような、うずうずする感覚をおぼえる。

「こういう場所も、気持ちよくない？」

膨らみから離れて、背中のほうにまで伸びる舌先は、今まで知らなかった感覚を運んできた。

「はぁっ……んっ……でも」

「でも？」

私はその優しく控えめな愛撫に吐息をもらしながら、口を開いた。

「も、どかしい感じっ……ふ、ぁっ……」

舌先の凹凸《おうとつ》が無防備な肌の上を刺激していくけれど、肝心の頂《いただき》の部分にはまったく触れようとしない。その場所であれば、さらなる快感が期待できるということを、すでに私の身体は彼に教えこまれて知っているのに。

「だから、焦《じ》らすって言ったの」

彼は胸の先端の下に口付けると、痕《あと》が残るように強く吸い上げた。

一瞬だけ、小さな火花が散ったみたいな痛みが走り、すぐに消える。

「——ね、一華の胸に、いっぱいキスマークつけていい？　一華は俺のものだって、身体に印つけたい」

独占欲を示す台詞《せりふ》を私に向けたあと、訊《き》いた割には返事を聞くでもなく、場所を変えて、その行為に没頭する。

「んんっ……や、ちょっとっ……！」

「大丈夫、外から見える場所にはつけないから」

彼が赤い痕《あと》をつける場所は、主に膨らみの半分から下の部分。鎖骨《さこつ》が出るようなブラウスやカットソーでも、うっかり見えたりしないところを狙い撃ちしているらしい。

「──ブラウスの下、こんなにキスマークでいっぱいって知ったら、会社の人たち、どんな顔するだろうな？」

「っ……！」

「いつもハキハキしてて強気なイメージの一華の胸に、やらしい痕《あと》がたくさんあるなんて、ビックリするに決まってるよな」

そんな煽《あお》るように見つめられたら、身体が余計に火照《ほて》ってきてしまう。

「──どうする、先っぽ舐《な》めてほしい？」

私の答えなど見抜いている、とばかりに、彼が訊《たず》ねる。

もちろん舐《な》めてほしい。けど、そうねだるのはやっぱり恥ずかしい。

でも、彼の性格を考えると、素直に言わなければずっとこの焦《じ》れた状態のままであることは、容易に想像できた。

以前からちょっとSっぽい感じがする、と思っていたが、彰悟は『感じがする』だなんて表現が生易《なまやさ》しいくらいの「ドS」だった。それは、何度かこういう行為を重ねるうちに、自《おの》ずと知っていくこととなる。

意地悪な言葉や表現で、私のことを煽《あお》るのが楽しくて仕方ないらしい。こっちは恥ずかしさや切迫感でいっぱいになっているというのに。

……けれど最近では、羞恥心《しゅうちしん》から生じる快感みたいなものもあるんだと知って、行為の最中の意地悪な言動もアリかなぁ、なんて感じている私もいたりして――

いや、やっぱりそれはダメだ。そういうのを認めたら、違う世界に足を踏み入れてしまいそうな予感がする……。

「舐《な》めて、ほしいっ……」

それでも、私はたまらずせがんだ。今のこのもどかしさを解消してくれるのは、彰悟しかいない。

「そういうとき、何てねだるんだっけ？」

彼は涼やかな笑顔で私を見ている。

「お願いっ……胸、舐《な》めてっ……」

「いいよ、舐《な》めてあげる」

彼はその言葉を聞き届けると、私の胸に顔を埋《うず》めて、片方の先端を口に含んだ。

「んんんっ！」

今まで焦《じ》らされた分、鮮烈に思える快感が胸の先から身体の中心へと駆け抜ける。

「すごいよ。ここ、触ってないのに、もうぷっくり勃《た》ち上がってる。だから舐《な》めやすいし、吸いやすい」

「やっ、そんな風に言わないでっ……」

胸の先を甘噛みされたり、吸ったりされながら、そこに「羞恥《しゅうち》を煽《あお》る」というエッセンスも追加されて、さらに快感が高まっていく。

そのとき、彼の手がするりと下りてきて、私の下肢《かし》の中心を掠《かす》めた。その場所は、今までただ胸を愛撫されていただけにもかかわらず、泉が湧き出るように潤《うるお》いを纏《まと》っていた。

「胸舐《な》められただけで、こんなに感じちゃったんだ?」

指先で溢《あふ》れる蜜《みつ》を掬《すく》いとり、私の目の前でそれを見せつけながら、彰悟が訊《たず》ねる。

「だってっ……彰悟が、焦《じ》らしたりするからっ……」

「言い訳するのはよくないな。まずはちゃんと認めないと」

「あっ……！」

彰悟はぺろりと自分の人差し指の先を舐《な》めると、それをそのまま私の入り口へと差しこんだ。

つぷん、と音を立てて、彼の第一関節くらいまでを易々《やすやす》と受け入れてしまう。

「いっぱい溢《あふ》れてるから、挿《い》れるのもこんなに簡単。膣内も、すごいぬるぬるだよ」

「んんっ、指っ、動かさないでっ……！」

彼は膣内に埋《うず》めた指先を動かして、内壁を擦《こす》ろうとしてくる。そんな風にされると、熱を帯びはじめた身体の回路は快楽一色になってしまうのに。

「どうして？　気持ちいいの、好きでしょ。本当はもう一本――いや、あともう二本くらいいけるかな。こんなに濡れてるならね」

「っ――！」

否応《いやおう》なしに、膣内の指を三本に増やされる。膣内の質量が増せば増すほど、内壁に触れる面積も増えて、より甘美な刺激が身体の中心を襲う。

「こうやって、三本そろって擦《こす》られるのと……膣内でばらばらで動かされるの、どっちが気持ちいい？」

「はぁっ……んんっ……！」

彼は言葉で示しながら、埋《うず》めた膣内で指を動かしてみせる。

――どっちがいいかなんて、選べないよ！

だってどっちも同じくらい、気持ちいいんだもの。

ピアノを生業《なりわい》とする彼の指先は、スラッとして長い。それを三本そろえて引っかかれるのは、強く擦《こす》られる感じがたまらないし、ばらばらで動かされれば、その不規則な刺激に不意をつかれ、違った悦《よろこ》びを運んでくる。

「ね、どっち?」

「そんっ……わ、わからなっ……!」

息も絶え絶えに答える私に、なおも攻める手を止めない彰悟。

「このまま指でイく?」

私が高まっていく様子を感じたのだろう、彼が訊《たず》ねる。もちろん、この台詞《せりふ》は言葉通りの意味を持っているわけじゃない。

指ではなくて、別のものがほしいならその言葉を口にしろ、と言外に示しているのだ。

「やぁっ……」

私は身体を捩《よじ》りながら、膣内の指の感触を貪《むさぼ》るように、腰を動かしてしまう。

「指じゃ嫌っ……彰悟のが、ほしいっ……」

頭と身体を支配する熱に浮かされ、私は欲望のままに乞《こ》うた。

「そんなにほしいんだ。自分で腰突き出しちゃうくらい」

私が見せる痴態《ちたい》に加虐心《かぎゃくしん》を刺激されたのか、彰悟はぺろりと上唇を舐《な》めた。その仕草が、妙に色っぽい。

下肢《かし》を弄《もてあそ》んでいた指を引き抜くと、彼は、ローテーブルの真下に置いてある小さな小物入れのなかから、四センチ四方のパッケージを取り出した。避妊具だ。

　こういうものとは、とんと縁がなかった私だけど、彼とそういう関係になってからは、必要なときにすぐ取り出せる場所に用意しておいている。

　彼は手早く避妊具を装着すると、私の身体の横に脚を伸ばして座った。

　そして、私を彼の身体を跨《また》がせるように座らせ、私の背に両手を回す。

「挿《い》れてみせてよ、自分で」

「えっ……？」

「ほしいなら、自分で挿《い》れてみせて。一華の大事なところに、俺のこれ」

　――つまり、私が上位の体勢で、繋《つな》がってみせろということだ。

　自分で挿《い》れるだなんて……初めての要求に戸惑っていると、彰悟が「ほら」と私の片手を引いて、彼自身に添えさせる。

　熱く脈打つそれは、すでに屹立《きつりつ》して真上を向いている。

「そのまま腰を落としたらいい。俺のに、一華のぬるぬる、よく塗《まぶ》してからな」

　言われるがまま、私はゆっくりと腰を落としていく。彼自身に私の身体から溢《あふ》れたものを塗り広げていくみたいに、何度も擦《こす》りつける。

　これだけでも気持ちよかった。時折、感じやすい突起を掠《かす》めたりして、腰が止まらなくなる。

　まるで秘裂《ひれつ》で彼のそれを扱《しご》いているみたいだ、と思ったら、身体の芯がさらなる熱を帯びてきた。

「いつまで擦《こす》ってるんだよ。……俺も、気持ちよくさせて?」

「あっ——!」

どうやら彰悟のほうが痺《しび》れを切らしたらしかった。

自分で切っ先を入り口に宛《あ》てがうと、私が擦《こす》りつけるリズムに合わせて、挿入してしまう。

潤滑油となった愛液のおかげで、彼自身がするんと膣内に収まった。

「やぁっ……深っ……!!」

いつもと体勢が違うせいか、彼が内部で当たる場所も違った。普段よりも深いところに侵入されているような感じがして、衝撃で一際大きな声がこぼれる。

「ダメだな、一華。この部屋は壁が薄いって言ったじゃん。……そんなに大きな声出したら、おとなりさんに聞こえちゃうんじゃない?」

「っ……!」

ハッとして、片手で口元を覆う。

そうだった。静かな夜は、余計に音が響いてしまう。こんなはしたない声を聞かせるわけにはいかない。

「そうそう、我慢しないと。じゃないと、となりでエロいことしてるって、バレちゃうから」

「んーっ……んっ……」

彼は口では我慢するよう指示するくせに、私の腰をがっちりと抱えこんで突き上げ、膣内の奥を激しく刺激してくる。

——まるで、私が声をもらしてしまうのを、期待するように。

「もうすっかり俺のカタチを覚えたって感じだよな。一華の膣内、俺のにピッタリ合うようになってきたじゃん」

「んんっ——んーっ……」

やめて！　いっぱい揺らされたら、本当に声、我慢できなくなるっ……！

「ねえ、一華。もう声、我慢しないで出しちゃおっか」

片手を私の胸の先に伸ばしながら、彰悟が訊《たず》ねる。

「声出したほうが気持ちいいし。寝てたらきっと気付かないだろ」

「む……無理っ……んむぅっ……」

彼は投げ出していた脚を胡坐《あぐら》をかくみたいにして折り曲げながら、私の後頭部を引き寄せた。そして、唇を覆っていた手を取り払い、唇を重ねてくる。

息継ぎの暇をわざと与えない、荒々しいキス。その間も、下腹部の律動は止まない。

「はぁっ……ぁあっ、ダメぇっ……！」

酸素を取りこもうと唇を離した瞬間、腰を抉《えぐ》るように押しつけられて、私はつい大きく喘《あえ》いでしまう。

しまった、と思ったときには遅かった。彰悟は、私のいやらしい声をもっと引き出そうと、お尻を抱えるような位置に両手を添えて、抽挿《ちゅうそう》を速める。

そこを押されながら出したり挿《い》れたりされると、接合がより深まった。だからこそ、得られる快感も大きくなる。

「も、ダメっ……彰悟、ダメだよっ……！」

「何がダメ？」

「もう、私っ……これ以上はっ……！」

これ以上、恍惚《こうこつ》の拷問に耐えられない。解放してほしいと訴えるけれど、それさえも彼にとっては快楽のスパイスだ。瞳を鋭く光らせて、なおも煽《あお》ってくる。

「いいの？　おとなりさんに聞こえちゃうよ？」

「も、いいっ……！　聞こえてもいいのっ……」

今は目の前に迫る絶頂感だけが私を操《あやつ》っていた。

もっと気持ちよくなりたい。あの強烈な感覚は、一度知ってしまったら何度でもほしくなる、究極のスイーツのようなものだ。

——何度でも、いくらでも貪《むさぼ》りたい。

「お願い、ほしいのっ……気持ちいいのが、ほしいっ……！」

「いいよ、一華。じゃあ、一華の望み通り、イかせてあげる」

彰悟は、私に両膝をつかせると、膣内の前側を集中的に突くようなストロークに移行した。そこには擦《こす》られるとじっとできなくなる場所があって、彼はそこを狙って何度も何度も、執拗《しつよう》に刺激してくる。

「やぁっ、ダメ、ダメっ……！」

私を追いつめるべく、入り口の上側で赤く腫《は》れている突起に手を伸ばす彰悟。

そこを指先で押し潰すように捏《こ》ねられると、気持ちいいのが溢《あふ》れて止まらない。

「あああんっ……!!」

私は高い声で啼《な》くと、身体中の血液が逆流するほどの激しい感覚を覚え、彼の首元にしがみついた。

下肢《かし》の入り口で、彰悟が何度も痙攣《けいれん》して、避妊具のなかに精を吐き出しているのがわかる。

「一華」

彼は私が落ち着くまでずっと抱きしめながら、額《ひたい》にキスをした。

それから、彼自身を引き抜いて、ティッシュで彼自身や、私の下肢《かし》を清めはじめる。……この時間は、何度身体を重ねても、最中とはちょっと違った恥ずかしさがある。

後処理を終え、彰悟が下着とスウェットを身に着けたところで、再び彼のスマートフォンが震えた。

長い振動時間は、やはり着信を示している。

「――はい、名波です」

彼が電話に出ているのを横目に、私はワンピースを着たり、新しい下着を収納ボックスから出したりした。その間、聞き耳を立てるつもりはなくても、彼の会話が耳に入る。スマホからもれる声から、相手は女性だとわかった。それも、おそらく若い女性。

「ごめん、かけ直す。すこし待ってて」

彼はそう短く言って、電話を切った。

「……電話してくる」

そして脱いだTシャツを着直しながら私に告げて、部屋を出て行った。いつも通り、一階に下りるのだろう。

「すぐ戻るから」

「うん」

私は頷《うなず》いて、階下へ向かう彼を見送った。

■　□　■

カイ改め彰悟のリサイタルに招待してもらい、お互いの気持ちを確かめ合って、約一か月。

私はようやく、一般の恋人といえるレベル並に、彼の人となりを知ることができた。

名前は、名波彰悟。歳は私よりもふたつ歳上の三十歳。もちろん独身。

職業はピアニスト。幼少のころから、数多くのピアノコンクール入賞の常連で、高校からは音楽の指導に力を入れている私立に進学し、親元を離れている。

某音大に進学後、国内外の演奏会に出演するようになる。そこで現在の芸能事務所の目に留まり、スケジュール管理をしてもらえるならまあいいかと所属することになったんだそうだ。

好きな食べ物は炭水化物。特に麺類。嫌いな食べ物は、セロリなどの香りの強いもの。

長所は要領のよさ。料理も掃除も手際がいいし、得意分野でもある。だけど、ここ数年は、万が一ケガでもしてはいけないと、あまり自分ではやらないようにしているらしい。

短所は極端にマイペースであること。こんな言い方をすると聞こえがよすぎるので、はっきり言うと、自分勝手で自己中心的。この人、ピアノがめちゃくちゃ上手いというスキルがあるから許されているのであって、通常の社会人としては失格なのでは？　と感じることもしばしばだ。

たとえば、思ったことをすぐに言ってしまうところ。最初に出会ったとき、公園で私に浴びせた「そんなに寂しいの、人生?」といった類《たぐい》の台詞《せりふ》も、普通は思っていても口にしないものだけれど、彼はそういう周囲がハラハラする発言を悪気なくしてしまう傾向がある。

そして生理的な欲求に素直すぎるところ。「腹減った」は気が付くとよく言っているけれど、そこに「何か作って」が必ずくっつくから厄介《やっかい》だ。こちらの都合もお構いなしなんだから。

……短所のほうが話が広がりそうな気がするのはなぜか。ただの気のせい、ということにしておこう。

最初から、彰悟には何か他人には言いたくない事情がありそうだとは思っていたけれど、まさかピアニストだったとは。それも、中学のころ、みんなの憧れの的だった名波彰悟くんだなんて。偶然も偶然。

私がクラシックピアノのCDの話をしたときも、彼が演奏したという『ラブリー・ストレンジャー』のBGMの話をしたときも、彼はそのことについて深く突っこむ様子は見せなかったから、むしろ興味のないジャンルなのだと思っていたのに。

彰悟は結構、いや、かなりすごい人だったんだなー、と改めて思ったりしている。とはいえ、彼は自己中ではあるものの、「俺を崇《あが》め奉《たてまつ》れ！」なんて偉ぶった素振《そぶ》りは見せない人だから、有名人だと忘れてしまうこともしばしばだ。

私と彰悟は今、以前のように、私の家でほぼ一緒に住んでいるという状況だ。だけど、最近の彰悟は我が家にいたりいなかったりする。例の、海外にいるピアニスト仲間との演奏会とやらが控えていて、打ち合わせや練習でなかなか帰って来られない。

やはり一番の問題は、私の家にピアノがないことだろう。

だから彰悟は「引っ越そう」と提案してきたのだ。引っ越して、もっと広くて防音の効いた部屋になれば、いつでもピアノに触れられる環境になるし、ふたりでいる時間も増える。

……それってつまり、書面上でも「同棲」となるわけだよね。

私と彰悟がふたりで住みますっていう契約を、不動産会社を通して交わすわけで。

何となーく住み着いて、何となーくいなくなる、といった不安極まりない出来事を経験している私にとっては、とても魅力的な話だ。

どういう間取りがいいだろうか。やっぱり２ＤＫ？　いや、でも個人の部屋がそれぞれできちゃうと、逆に会話が少なくなるとかって聞いたことがある。

なら、１ＬＤＫ？　でも、うーん……

様々な妄想を膨らませつつ、駅前の不動産会社の広告の前に立ち止まっては、部屋の情報に目を向ける。

このころの私の頭のなかは、色でたとえるとピンク色。まさにお花畑だったのだろう。無事彰悟と結ばれた私は、これで物語に一区切りがつき、平穏な日々が訪れると信じて疑わなかった。

それは、「めでたし、めでたし」で締め括《くく》られたおとぎ話にどこか似ている。お城の舞踏会でたった一度会ったきりの王子と結ばれたシンデレラも、百年の眠りから目覚め、自身のピンチを救った王子と結婚した眠り姫も――。もしかしたら物語の幕が下りたその直後、性格の不一致が発覚したかもしれない、なんてことを、私はまったく考えたことがなかった。

好きな人と両想いになったという事実が、そのまま幸せな未来に直結するわけではないのだ。そこには片想いのころとは違った苦難や悩みが存在し、心をモヤつかせる。

恋愛からとんとご無沙汰《ぶさた》だった私にとっては、盲点だったと言わざるを得ない。

両想いは、ふたりの恋愛の第二章の幕が開いたにすぎない。私は、あることがきっかけで、それに気付くことになる。

■ □ ■

「瀧川先輩、どうして教えてくれなかったんですか～？」

お昼休みで人も疎《まば》らになったオフィス。

顔を上げると、私のデスクの前には情報誌を抱きしめるようにして持った理穂ちゃんがいた。その後ろには、何か言いたげな笑みを浮かべている優衣ちゃんと雅恵ちゃん。

「……？　何が？」

「もう、とぼけないでくださいよぉ」

何のことだかさっぱりわからず首を傾げると、理穂ちゃんが手にしていた女性ファッション誌をデスクの上に置き、勢いよく捲《めく》ってみせた。

「ほら、これですこれっ」

彼女の指先が、誌面の一部を指し示す。

そこには、「日本の若きイケメンピアノ王子」の煽《あお》り文句とともに、リサイタルで演奏中と思われる彰悟の写真が載っていた。

「彼氏さん、ピアニストだったんですね！」

「しかも注目度抜群じゃないですか。芸能事務所にも所属しているみたいですし」

きゃあきゃあと黄色い声を出して話す優衣ちゃんと雅恵ちゃん。

理穂ちゃんが手にしているのは、二十代のＯＬをターゲットにした雑誌だ。そこのエンタメ情報欄に今度彰悟が出演するリサイタル情報が載ったようだった。

「え、あ、うん」

「もー、どうして隠してたんですか～。サインもらっておけばよかった！」

優衣ちゃんが悔しそうに言っている。どうやらミーハーな一面があるらしい。

「別に、隠してたわけじゃないんだけどね……」

そう、別に隠してたつもりはなかった。彰悟がこの会社にやってきたとき、私は彼がピアニストであると知らなかったわけだし。

彰悟と再び結ばれたことは、既に三人に報告済みだ。それを心から喜んでくれた彼女たちだからこそ、彼の正体にいっそう興味を示してくれているのだろうか。興奮した様子の優衣ちゃんが続ける。

「イケメンの彼氏ってだけで羨《うらや》ましいのに、こんな風に、世界からも注目されてるなんて」

「うんうん、未来の音楽界を担ってるなんて、彼女さんとしても鼻高々ですよね～」

そこに雅惠ちゃんも賛同して褒《ほ》めちぎってくる。

「そ……そうだね」

彰悟が褒《ほ》められれば、私も嬉しいし、誇らしい気持ちになってくる。

「でも……たまーに、心配になっちゃったりとかしませんか？」

私がはにかんだ微笑みを浮かべていると、理穂ちゃんがすこし表情を引き締めて言った。

「心配？」

「はい。あれだけカッコよくて、しかも才能がある彼氏さんだと、誘惑も多いでしょうし、他の女の子に取られたりしないか気を揉んだりしちゃうかなって」

「……」

――それもそうだ。

私は、彰悟と想いが通じたと知るやいなや、彼の気持ちが私を向いているものだと思いこんでいた。――私が、彼だけを想い続けるのと同じように。

でもこの先、どうなるかはわからない。今は私のことを好きだとしても、他にもっと魅力的な女性が現れたら、彰悟がそちらを選ぶ可能性は十分にある。

ましてや、彼は世界を股にかけて活動する表現者だ。周囲には彼と同じように、表現するということを生業《なりわい》にするプロがごまんといる。そういう人たちは、見る者を魅了する技術に長《た》けている。一般人の私よりも、はるかに魅力溢《あふ》れるはずだ。

そのときふと、彰悟のもとへかかってくる電話を思い出した。

二日に一回は必ずかかってきているように思えるあの電話の声の主は、紛れもなく女性――それも、若い女性、だった。

もちろん、私はあの電話が仕事だと信じている。けれど、彼は話をするときは部屋から出ていく。だから会話の内容をきちんと聞いたことはない。

もしかしたら、彰悟が仕事と言っているだけで、実はプライベートである場合だって考えられるわけで……

「やだ理穂ってば、そんな心配ないって」

私が不安を巡らせていると、優衣ちゃんが笑い飛ばした。

「そうだよ。彼氏さんが会社に来たときの、瀧川先輩を見る目。完全に先輩しか眼中にないって感じだったじゃない。他の女の人の心配なんてないと思うけど」

雅恵ちゃんは、彰悟がお弁当を届けに来たときのことを引き合いに出して、その心配はないと言う。あのとき、別段意識はしていなかったけれど、彼女たちの目にはそう映っていたようだ。

「もちろん、わたしだってそう思いますよ。でも、用心しておいてもいいのかなって。……有名な人って、女の子が寄ってきやすいから」

理穂ちゃんも、あくまで可能性の話だということを強調する。私を気遣ってそういう言い方をしてくれたのだろう。

「瀧川先輩、あんまり気にしなくていいと思いますよ」

「そうですよ〜。わたしたちはラブラブなふたりの姿、ちゃんと見てるんですから。疑うよりは、彼氏さんを信じて見守ってあげるほうが、ずっといいですって」

「……そう、だよね」

優衣ちゃんと雅惠ちゃんの言葉に勇気付けられて、私は口元に笑みを作って頷《うなず》いた。

まだ起こってもいない出来事の心配をしたり、疑ってみたりしたって仕方がない。

それよりは、彰悟の気持ちが他所《よそ》へ向かないように、努力をするほうが大事に違いない。

私は確かに、何のとりえもない平凡な一般人だけど、それを卑屈《ひくつ》に思う必要はない。

彼はいろいろなところで生じるだろう数々の出会いのなかで、私を彼女として選んでくれた。そのことは紛れもない事実なのだから。

好きになった人が、たまたま有名人だっただけ。だからといって、私と彰悟が釣り合わないとか、そういうことじゃないんだから。

……とりあえず。少なくとも。今、この瞬間は。

――って、いきなりこんなに弱気でどうするの！　私と彰悟は付き合ってるんだから。

名前さえ知らなかった以前とは違って、彼のことを「彰悟」と呼べる関係になったんだし、怯《おび》える必要なんてない。

私は心のなかで自分自身に強く言い聞かせながら、納得しきれない何かがあるのを感じていた。

力ずくで押し隠していた不安な気持ちを呼び起こすようなニュースが、彰悟の口から飛び出したのは、それからすぐのことだった。

■□■

「えっ、三か月も⁉」

それは仕事帰り、待ち合わせ場所であるいつもの公園でアメリと遊んでいるとき。

私は彼が頷《うなず》く仕草を、別世界のことのような感覚で見つめていた。

晴れて恋人となった彰悟に、もう私の部屋の鍵は渡してあるのだけれど、アメリを構いたい彼の希望もあり、夕方はここで落ち合うのが習慣になっている。

「そう。今回はいろんな国を回るから、ちょっと長くなるんだよな」

彰悟はアメリを抱っこしつつ、片手で彼女の眉間あたりをなでている。それを堪能するようにアメリはぐるぐると喉を鳴らしながら、彼の腕に身体ごと預けていた。

彼の横で、私は思わず視線を俯《うつむ》けてしまう。黒いパンプスが、砂利《じゃり》の砂埃《すなぼこり》ですこし白くなっている。

例の、海外の同業者仲間との演奏会の話だ。ヨーロッパを中心に数か国を順番に回るという催《もよお》しが、フランスを皮切りにいよいよスタートするのだという。

三か月といったら、私が彰悟の帰りを待っていた期間の三倍にあたる。

「私たちが出会ってから今まで、三か月だから……それと同じだけ待つってこと？」

この公園で雨の日に彰悟を拾ってから、三か月が経とうとしていた。

カレンダーはもう、十一月に差し掛かろうというところ。

あっという間なようで、長くも感じた期間だ。特に、彰悟が帰ってくるのを待った一か月は長くて、不安でたまらなかった。辛くて苦しい時間だった。

それと同じだけの期間、また離れなければならないということだ。しかも今度は、日本と海外。超遠距離恋愛ということになる。

「なかなか一緒に過ごす時間が取れなくて、俺も悪いとは思ってるんだ」

彰悟は一度アメリを土管の上に下ろし、私をすまなそうに見つめる。

アメリのほうはもっと彼に構ってほしかったらしく、ちょっと残念そうに鳴いてから、仕方なくといった風にその場に丸くなった。

「でも、今回もちゃんと帰ってくるって約束する。前のときとは状況が違うし、きちんと俺のことも知ってもらえてるだろ。だから、いつ戻るかもはっきり伝えられる。連絡だって、なるべく頻繁《ひんぱん》に取るようにするから」

「……」

そりゃあ、今回は前回とは違って、予《あらかじ》め決まっているスケジュールを教えてくれるのかもしれない。

だけど、不安なものは不安なのだ。離れている時間が長ければ長いほど、相手のことを考える時間は減っていくだろう。しかも、彼のようにその場その場の集中力と精神力を要する仕事であれば、恋人に意識を注いでいる場合ではないのだ。

もちろん、彼の仕事は応援したい。昔から彼のピアノは素敵だと思っていたし、「行かないで!」なんて感情のままに引き留めるつもりもまったくない。出発するときは、笑顔で送り出す気持ちでいる。

それでも、物理的に生じる距離に危機感を覚えずにはいられない。なぜなら――『あれだけカッコよくて、しかも才能がある彼氏さんだと、誘惑も多いでしょうし、他の女の子に取られたりしないか気を揉んだりしちゃうかなって』

先日、理穂ちゃんが発した言葉が頭を過《よぎ》ったからだ。

私の目の届かないところに行ってしまったら、彼がどこで誰と会っていてもわからない。

演奏者仲間には当然、女性もいる。エルシーさんだってそのひとりだ。彰悟はエルシーさんのことをただの同業者、と言ったけれど、彼女が彼をそう思っているかは定かではない。

用心しなければいけないのは、同業者ばかりではない。彼のファンだってそうだ。

海外公演に駆けつける熱心なファンも結構いるらしい。以前、そういうファンの子が気になったことはないかと彰悟に訊《たず》ねたことがあったけど、彼は自分のファンのことを良い意味でお客様だと思っているから、女性としては見ないと話していた。

彼のポリシーを疑うわけではないけれど、例外というものはある。ファンには手を出さないと聞いているから安心――というわけにはいかないのだ。

……それと忘れてはいけない、あの夜中の電話の若い女性。仕事とはいえ、あれだけ頻繁《ひんぱん》に連絡を取るなんて、あり得るのだろうか？　やはりプライベートで繋《つな》がりがあるんじゃないだろうか？

懸念は次から次へと浮かぶ一方だ。

「一華？」

「……あ、ごめん」

考えこんでしまって、つい返事をしそこなっていた。だけど――

「大丈夫だよ」

私は笑みを浮かべてみせた。

「前は、ほら、いつまで待っていいかもわからなかったし、だからこそもう帰ってこないんじゃないかって悲しくなったりもしたけど……今回は、そうじゃないんだもんね。平気、平気！」

本心を悟られたくないときほど、スラスラと流暢《りゅうちょう》に建前《たてまえ》を並べることができる。今の私は、まさにそうだった。

「三か月なんてあっという間だよ。私もその間は、仕事に集中できるし。あ、何なら一緒に住む部屋、私が先に探しておいてもいいしね。いいところあったら、ピックアップして知らせるね」

弱音を見せたくない、悟られたくない。私のそういう負けず嫌いな性格が、顕著《けんちょ》に表れてしまった。本音とは真逆の言葉が、これでもかというくらいに思いつく。

すこし早口なんじゃないかというくらいのテンポのよさでそこまで言うと、私はそれまでなるべく見ないようにしていた彼の表情を、こっそりと観察した。

心なしか、ホッとしているような雰囲気だ。

「もっと離れるのが寂しいとか、会えないのが辛いとか、そういう言葉が聞きたかったんだけど」

彼はすこし不服そうに、でも軽口であるのがわかる口調で言う。

「残念でした。前回のことで、かなり精神的に鍛えられましたからね」

べーっと舌を出しながら、自分自身の言葉を胸に刻《きざ》みつける。

そう、私はいつ帰ってくるかわからない彼を、一か月も待ち続けたじゃないか。期間は三倍かもしれないけれど、期限が決まっているだけ遥かにマシなんだから。

「それは頼もしいな」

彰悟はおかしそうにくっくっと喉を鳴らして笑う。

「そう言ってもらえると、俺も気が楽になるよ。今度の演奏会は、ピアノコンクール時代からの知り合いと、何年も構想を練ってたやつなんだ。それぞれの実力に、自分の国での評価が追いついてきたころに開催しようって。思ったよりも時間がかかったけどな」

そう話す彰悟の目は、ちょっと遠くに焦点を合わせつつ、何か眩《まぶ》しいものを見つめるように細められている。

「そうだったんだ。……成功するといいね」

彼にとって、大切な目標のひとつだったのだろう。

普段、私が訊《たず》ねない限り、彼はあまり仕事の話をしない。その彼がこんなに熱心な語り口になるなんて、よほど特別な演奏会なのだろう。

そうだと知れば、なおさら応援しなきゃ。余計な心配をさせて、彼の心を乱すわけにはいかない。

「ああ、頑張ってくる」

「……うん」

彼は「おいで」と私を引き寄せ、そっと抱きしめた。

「……猫みたいに扱わないでよ」

嬉しいくせに、照れくさい私は、彼の胸に顔を埋《うず》めながらわざと不機嫌な声を出した。

「一華もアメリと同じで、気分屋だからな。素直なときにこうやって可愛がってやんないと」

「誰が気分屋よ」

顔を上げて反論する。ドアップのイケメン顔は、何度見てもいい眺めだ。

「気分屋だろ。すぐ怒るし、むきになる」

「そ、そんなことない」

「ふーん」

彰悟はニヤニヤしながら、私を見下ろしている。

……くっ、腹立たしい反応。何でもわかってますみたいな顔して！

「にゃあ」

そのとき、土管の上で丸まっていたアメリが身を乗り出し、ちょっと苛立った声音でひと鳴きした。

まるで「私のこと忘れないでよ！」とでも言いたげに、高く鋭い声で。

「ごめんごめん、悪かった」

彰悟はそれに気付くと、彼女の機嫌を取るために私を抱きしめていた手を解《ほど》いて、再びアメリを抱き上げた。

「すぐヤキモチ妬《や》くんだよな、こいつ」

「本当だね」

アメリが彰悟にそっぽを向いたのは、久しぶりにここで待ち合わせをしたあのとき、一回きりだ。その一回を除いて、彼女は彼にベッタリ。

そのときだって、急に現れなくなった彰悟に「私を放ってどこに行ってたの！」という気持ちがあっての、拗《す》ねた態度だったのかもしれない。

「俺の留守中、アメリのこと、代わりに構っておいてくれよ」

「ご心配なく」

言われなくてもそうするつもりだ。

彼が海外に渡ってしまえば、私を癒《い》やしてくれるのはアメリだけなんだから。……彼女は彰悟がいないと、ヘソを曲げるかもしれないけど。

「明後日から留守にするからな。俺のこと、忘れるなよ～」

彰悟が顔を近づけながら、アメリに別れを惜しむ。

「あ、明後日？」

私はというと、その台詞《せりふ》の内容におどろき、情けない声が出てしまった。

「あれ、言ってなかったっけ？」

「聞いてない……」

早くても来週以降だと勝手に思い込んでいた。少なくとも、この二、三日の話ではないと思っていたのに。

……一緒に過ごせるのは、今日と明日だけか。

「現地での打ち合わせの日程調整で、すこし出国が早まったんだ。明後日の昼の便で行くよ」

「そっか」

何でもない風に取り繕《つくろ》って返事をするのが結構大変だったけど――どうにか、ごまかせたはずだ。

「明日、会社のあとは予定大丈夫？　しばらく会えなくなるし、どこかで食事でもしよう」

「うん」

それが、彰悟との最後の思い出にならなければいいんだけど――

いや、いけないいけない！　そんな風に弱気になっては、上手くいくものもいかなくなってしまう。

きっと私たちは、大丈夫。今回だって乗り切れる。不安に思う必要なんてないのだ。

帰り道、自分を鼓舞《こぶ》する言葉を心のなかで連呼しつつ、私はさらに悩ましくなってしまった状況に頭を痛めていた。

■□■

「はぁ～……」

翌日の午後。私は、コピー機の前で印刷が終わるのを待ちながら、今日何回目かもわからない盛大なため息をついていた。

「瀧川先輩、お疲れなんですか？」

見かねたらしく、理穂ちゃんが控えめに訊《たず》ねてきた。

「まぁ、そんな感じ……」

私は曖昧《あいまい》に頷《うなず》く。理穂ちゃんに、本当の理由は話しづらかった。

もともと弱みをさらけ出すことに抵抗があるのもそうなのだけど、彼氏の心変わりに気を付けたほうがいいとアドバイスをもらった傍《そば》から、彼氏が海外に行って三か月も帰ってきません――だなんて告げれば、それ見たことかという展開になってしまいそうで怖い。

ダメ押しにもう一度、ため息をつく。そして、印刷されたA４用紙を取り出そうとして、

「あっ」

と声がこぼれた。

やってしまった。縦向きに印刷するはずが、全部横向きになっている。

……全部やり直しか。百枚近くあったのに。これでは、経理部に怒られてしまう。

「た〜きがわ〜」

失敗したコピー用紙を、それ専用の箱に纏《まと》めて入れていると、声をかけられる。振り向くと、そこには戸塚がいた。

「……何よ」

「またずいぶん無駄にしたな。前野《まえの》っちが知ったら怒るぞ。『わたしたちがせっかく経費節約しようと頑張ってるのにー』って」

前野っち、とは優衣ちゃんの苗字であり、あだ名でもある。親しみをこめていると言い張るそれは、戸塚しか呼んでいないのだけれど。

「わ、わかってるってば」

まさか、この男に見られてしまうとは。……面倒くさいなぁ。

「何か気になることでもあるのか？　このオレが聞い――」

「間に合ってるから」

「せめて最後まで聞いてくれたっていいじゃん！」

言い終わらないうちに、呆れ口調で被せて言ってやると、戸塚は悔しそうに地団駄《じだんだ》を踏んだ。……今仕事中だってこと、忘れてないだろうか。

「――いや、真面目《まじめ》な話、今日の瀧川、あんまり元気ないじゃん？」

珍しく戸塚が真顔になる。

「そう？」

「何て言うか、覇気がないよな覇気が。さっきの突っこみだって、いつものキレがない」

「……それは、知らないけど」

キレがどうのと言われても、気にしたことなんてないし。

「大人しい瀧川なんてつまんない。言いたいこと言って、キャンキャン吠えてこその瀧川だろ。こんなの全然らしくない」

戸塚は続けて、不服そうに訴えてきた。

「何よそれ、どういう意味？」

誰が、いつ、どこで、キャンキャン吠えたというのだ。うるさくしてるつもりなんて毛頭ないのに。

「言いたいことがあるなら溜めこまないで、その都度《つど》発散すればいいだろ。外に出さないでスッキリするなんてあり得ないんだから」

戸塚はきっと、現在私の身に起きている様々な事情を、何も知らないと思う。だからきっと、深い意図はないに違いない。

でも――いや、だからこそ、すごく身に刺さる言葉だった。

『外に出さないでスッキリするなんてあり得ない』か。確かにそうかもしれない。

彰悟の負担になってはいけないと思うあまり、素直な気持ちを伝えることを忘れていた。

他の女の子が近づいてくるのではという不安に加えて、超遠距離になってしまう不安。そのふたつが掛け合わさって、私以外の女の子に心を奪われてしまうのではという不安。それらをすべて自分のなかで消化しようと思っていたけれど……敢《あ》えて、彰悟にぶつけてみてもいいのかもしれない。

話したところでふたりの物理的な距離が縮まるわけではないし、離れ離れの期間も短くなるわけではないけれど、ひとりで抱えこんでいるよりは気持ちは楽になりそうだ。

「戸塚、あんた、たまにはいいこと言うじゃない」

「え、そう?」

「うん。正直、あんたの発言で初めて感心したかも」

「ちょっ――初めてって酷《ひど》くないか!?」

激しく落胆する戸塚はさておき、私の腹は決まった。

今夜、自分の気持ちを包み隠さず、彰悟に打ち明けてみよう。

面倒くさい女だと思われて、呆れられてしまったり、愛想をつかされる危険性もあるけれど、そのときはそのときだ。こんな気持ちのままでは、三か月もひとりで待ち続ける自信がない。

私は、憂鬱《ゆううつ》な気持ちを切り替えるように深呼吸した。そして、どんな風に彼に伝えようか――と、頭のなかで綿密なシミュレーションを繰り広げたのだった。

■□■

夕食は、彰悟が気に入っているという洋食屋さんに連れて行ってもらった。

彼はそれなりに有名人のくせに気取ったお店が嫌いらしく、普段着で入れるような素《そ》朴《ぼく》なところを好む。今夜の洋食屋さんもそういう感じの場所だ。ハンバーグとかミックスグリルとか、ハヤシライスとか。そんな昔ながらのメニューを見ているだけでも楽しかった。無論、味も申し分なく、デミグラスソースのハンバーグは絶品で、私は彰悟に何度も「幸せ！」と言った気がする。

実のところ、私もドレスコードがあるようなお店は苦手だ。特に、ワインリストが細かな文字で埋め尽くされているところは、緊張して食事を楽しむどころではなくなる。

今夜でデートもしばらくお預けだ。そんな限られた時間を最大限に楽しむには、ここはピッタリなお店だった。

美味《おい》しいご飯とお酒のあと、私たちの部屋に帰る。

「早いもんだな。日本で過ごす最後の夜かー」

靴を脱ぎ、部屋に上がりこんだ直後に彰悟が何気なく口にした言葉に、寂しさを覚える。

——最後の夜、か。

この部屋で、しばらく彼の姿を見ることはないのだ。いつもあたりまえのように肩を並べて座っていた彼と、明日からは会えなくなる。

「……一華？」

「着替えてくるね」

ともすると泣きそうになっているのを、悟られかねない。私は何でもない風に部屋着のワンピースを手に取り、バスルームに入った。

通勤着であるブラウスとスカート、それに肌色のストッキングを脱ぐ。そのまま入浴してしまおうかと思ったけれど、昼間の決意が揺るがないうちに、彰悟と話がしたい。

「一華」

「きゃっ」

バスルームを出たところで、扉の外にいた彰悟にいきなり手を引かれた。そして身体がベッドに押し倒される。

私の両手首を左右の手で握った彰悟は、ベッドマットにその掴んだ手を押しつけるようにして、馬乗りになった。

「何、どうしたの、彰悟」

彰悟の綺麗な顔が私を見下ろしている。

彼の服もいつの間にか、部屋着に変わっていた。おそらく私がバスルームに入っている間に着替えたのだろう。

「私？」

「『どうしたの』って、俺が聞きたい言葉。……一華こそ、どうしたの」

「今日の一華、様子が変だった。何か俺に隠してること、あるだろ？」

「……」

どうやら彰悟は、私の異変に気付いていたみたいだった。

悟られないようにと気を付けていたつもりだったけど、すっかりバレバレだったらしい。言うなら、今だ。

「ねえ、彰悟。……私、彰悟に言わなきゃいけないことがあった」

「何？」

唇が触れそうな距離で、彼が訊《たず》ねる。心臓が、ドキドキする。

私は、緊張から彰悟の目を見ないようにして口を開いた。

「昨日のこと、訂正する。私、言ったよね。三か月なんてあっという間だって。離れても大丈夫だし、平気だって。……それ、全部嘘。本当は不安で不安で、仕方ない」

ひとたび本音が口をつけば、それまで虚勢《きょせい》を張っていたのが嘘のように、感情がこぼれだす。

「三か月も離れてたら、彰悟が他の女の人に目を向けるかもしれないし、平凡でつまらない私のことなんてどうでもよくなるかもしれない。……距離だけじゃなく、気持ちも離れちゃうかもしれない。そういう不安がいっぱい出てきて、どうしたらいいのか、って考えるようになって」

そこまで言うと、私はなるべく避けていた彼の瞳を見つめてみる。

彼は真摯《しんし》に私を見返していたけれど、その感情は読めない。私は続けた。

「それにね、やっぱり会いたい。そんなに長い間会えないなんて、辛いよ。……昨日は恥ずかしいのと、彰悟を困らせたくないのとで、ちゃんと言えなかったけど……本当は、寂しい」

これが一番伝えたかった言葉だ。好きな人と離れるのは、辛くて寂しい。

「もちろん、彰悟の仕事のことは応援してる。行かないでって言ってるわけじゃないの。

彰悟の邪魔はしたくない。だから、本音は黙ってようと思ってたわけで、それで……えっと」

心の赴《おもむ》くままに吐き出したものだから、言いたいことが纏《まと》まらなくなってきた。おまけに、どういうわけか目頭が熱くなってきて、涙声になってしまう。

……困った。できることならもっと、スマートに伝えたかったのに。なかなか上手くいかない。

「一華」

彰悟におもむろに名前を呼ばれた。

彼が前髪を優しく、梳《す》くようになでる。

「俺に気を使って、不安なのを黙ってたってこと？　俺の仕事の邪魔をしないようにって？」

「……うん」

私を労《いた》わるような優しい声で訊《たず》ねられたから、私は素直に頷《うなず》いた。

すると――

「バーカ」

彰悟はいきなりそう言うと、手首を掴んでいた手の片方を解《と》いて、私の鼻をむぎゅっと摘《つま》んだ。

えっ、何それ。

「俺の前では、本当のお前でいろって散々言ったよな？　なのに何で取り繕《つくろ》おうとするんだよ」

さっきまでの、しっとりとしたムードは一転。彰悟はやや苛立った様子で私を詰《なじ》ってくる。

「だから言ったでしょ。彰悟の負担になりたくなかったの！」

そういう言われ方をすると、私も黙ってはいられない。反射的に口調を荒《あら》らげて、言い返してしまう。

「負担になんかなるかよ。一華の不安くらい背負えないで、遠距離なんてやってられるか。それとも、俺にはそれくらいの甲斐性もないって思われてるわけか？」

「そっ……そんな風に思ってないしっ。それに、怒んなくたっていいじゃないっ」

甲斐性がどうとか、そんな話はしていないじゃないか。……何で私が怒られているのか、まったく理解できない。

私は私なりに考えたうえで行動したつもりだ。彰悟が気持ちよく日本を発《た》って、海外で活躍できればいい。そう思ったから、黙っていたわけで——

「いいか。俺の前では素直でいろ。不安なことは不安だって打ち明けてほしいし、寂しいとか辛いとか悲しいとか、そういう感情も押し殺さなくていいんだ。……そうしてくれたほうが、俺も嬉しい」

「嬉しい？」

「ああ」

彰悟は頷《うなず》きながら、鼻を摘《つま》んでいた手を引っこめた。

「一華が考えてること、何でも知りたいと思う。いいことも、悪いことも。……いいことなら共有したいし、悪いことならどうしたらいいか、一緒に考えたい。そういうの、面倒くさい？」

「そ、そんなことないっ」

私は首を大きく振って否定する。

「……そう言ってくれるの、嬉しい。私のこと、ちゃんと考えてくれてるんだって思えるから……嬉しい、です」

こういう会話は照れくさい。だからどんな風に言っていいのかわからなくて、語尾がなぜか丁寧語になってしまった。

「――彰悟がピアニストだっていうのがわかってから、会社の女の子に言われたの。彰悟は仕事柄いろんな人に会うし、誘惑も多いだろうから、心配にならないんですか、って。私、彰悟と付き合えたことで満足しちゃってて、そういうの頭になかったなって思ったのね。で、それからしばらく会えなくなるとわかって、余計に怖くなっちゃった」

再び彰悟の目を見つめて、私は続けた。

「彰悟は怖いって思ったりしない？　……私は彰悟と違って、モテるってこともあまりないけど、もし私に他の男の人が近づいて来たら……とか、考えたりしない？」

「考えるよ」

即答だった。真剣な眼差しで私を見下ろす彰悟は、きっぱりと答える。

「考えるに決まってる。一華の会社にもいるだろ、ほら……デートに誘ってきた同僚くん。あいつ、一華にすごくちょっかい出してるし」

戸塚のことだ。私は彼の顔を思い出して笑う。

「別に戸塚はそういうんじゃないから、心配する必要ないよ。私も全然その気はないし――」

「今はそう言ってるけど、この先どうなるかはわからないじゃん」

すこしだけむきになった様子で答える彰悟。

「でも、戸塚に限ってそんなことあり得ないし」

相手は、あの戸塚だ。数か月ぶりに、戸塚と自分が付き合っている状態を想像してみた。

……うん、絶対ないな。言い切れる。

「――でも彰悟は違うもん。私よりも綺麗で可愛げのある女の子が寄ってきたら、太刀《たち》打《う》ちできないから」

「俺からしてみたら、そっちのほうがあり得ない」

それから彰悟は、やれやれというように息を吐いた。

「……一華より可愛いと思える女は、他にいないよ。他の女なんて興味ない。これだけ言っても、まだ心配？」

そう言った彼の瞳が、直後、ぐっと優しくなった。

「不安なのはお互いさまなんだよ。それは距離が離れていようがいまいが同じ。大切なのは、相手をどれだけ信頼して、想い続けていられるかってことじゃないの？」

「……」

彰悟の言葉は、いつも私の心の真ん中にすとんと落ちて、清々《すがすが》しい風を吹き入れてくれる。今回もそうだ。

私と同じように、彰悟も不安を感じている。

だけど相手の気持ちが揺らいでしまうんじゃないかという心配は、たとえ距離が近くても、生じてしまう。

大事なのは、お互いがお互いを想い続けるという気持ちだ。それがあれば、今抱いている不安に打ち勝つことができる。

「俺は、ヨーロッパにいても一華だけを想い続ける。そう誓う」

静かな口調だったけれど、彼の決心が伝わってくるトーンだった。

「……一華は？」

その落ち着いた声が、私にも答えを促《うなが》してくる。

もちろん――私の答えも、決まっている。

「私も……日本から、ずっと彰悟のことだけ想ってる」

私も彼と同じように誓いを立てた。

すぐあと、乾いた唇に柔らかな感触が落ちてきた。


「んっ……彰悟っ……」

ふたりぶんの熱っぽい呼吸の音が、狭いワンルームの部屋に響く。

私たちは飽きもせず、何度もキスを交わしていた。今夜でしばらく触れ合うことも叶わないのなら――と、まるでお互いの唇の感触を記憶しようとするみたいに、重ねては遠ざかり、重ねては遠ざかりを繰り返す。

「俺たち、……はぁっ、何回、キスしたかな」

「んっ……わからない」

なんて、言葉を交わす合間でさえも、唇を求めてしまったりして。

何回も、何十回もキスをしたあと。彰悟の唇は、私の目元に口付けて、耳たぶを優しく食《は》んだ。

「んうっ……」

この場所が自分の性感帯であるというのは、彼との行為のなかで気付かされて。

耳を唇や舌で愛撫されると、胸の先や下肢《かし》の敏感な突起を弄《いじ》られたときみたいに、鋭い刺激が全身を駆け抜ける。

「一華、ここ弱いよな」

耳が感じるなんて口に出したことはないのに、彼は私の反応からそれを読み取っていたらしい。断定的な言い方でそう指摘して、耳たぶの外側を唇で咥《くわ》えたまま、舌先を使ってちゅっと吸い上げる。

「ああっ……！」

ゾクゾクして、気持ちいい。明らかに「そういう場所」ではないのに、こんな感覚に陥《おちい》ってしまうとは。

耳朶《じだ》の輪郭を辿《たど》るようになぞられたり、外側を舐《な》め上げられたりすると、反応してはいけないと思いつつ、鼻にかかったいやらしい声がもれてしまう。

「我慢しないで、聞かせて。一華の感じてる声」

舐《な》められたばかりの耳に熱い吐息がかかって、腰がきゅんと疼《うず》いた。

部屋着のワンピースの胸元から、彼の手がするりと侵入する。鎖骨《さこつ》をなでたあと、慣れた手つきでブラとの隙間に指先を滑《すべ》りこませた。

「耳で気持ちよくなっちゃったせいで、ここ、もうこんなに勃《た》ち上がってる」

彼の人差し指の先は、硬く尖った胸の先をころころと転がしている。微弱な電気を流されたような刺激が走り、身体が強張《こわば》る。その様子を楽しそうに見つつ、彼は私のワンピースを捲《めく》りあげて取り払った。

「もしかして、濡れてる？」

「っ！」

ワンピースの下は、ブラとショーツのみ。身に着けていた薄いイエローのショーツの中心に触れ、彰悟が小さく訊《たず》ねた。

「そんなに耳、気持ちよかったんだ……ここ、濡らしちゃうくらい」

「嘘、濡れてなんてっ」

「触ってみなよ。一華のここ、涎《よだれ》垂らしてる」

彰悟に言われるがまま、恐る恐るその部分に触れてみる。すると、中心が湿り気を帯びているのが、外側からでもわかった。

「俺とえっちして、感じやすくなったんだ？」

「っ、違うっ……！」

肉体の反射だとはいえ、私ってば、素直に反応しすぎだ。彰悟からの意地悪な眼差しを浴びながら、強い羞恥《しゅうち》に襲われる。

彼と行為を重ねるうちに、戸惑うばかりだった身体が、慣れてきたように感じる。たとえば、こんな風にすこしの刺激に対しても、身体が反応してしまう……とか。

「違わないだろ。こんなに濡らしておきながら」

彰悟は人差し指と中指の先をぐっとショーツの中心に押しつけた。そして、ぐりぐりと強い刺激を与えるように動かす。

「触るといっぱい溢《あふ》れてきた。濡れてるところが透けて、一華のカタチが丸わかりだな」

「やぁっ……」

そういう恥ずかしいこと、言わないでほしいのに。ドS王子は、いつもこんな風に意地悪だ。

「嫌だったら、そんなやらしい声出ないはずなのに。相変わらず、素直じゃないな」

煽《あお》る口調で笑って言うと、彼は有無を言わさず、私の下肢《かし》からショーツを引き抜いた。

「ちょっとっ……！」

下腹部を守るものが何もなくなり、心もとない。膝を立ててその部分を隠そうと試《こころ》みたところを、彼は私の両方の膝を左右に割り開き、がっちりと押さえてしまう。

「いいから、じっとしてて」

そんなの無理だ。一番隠さなきゃならない場所が、明かりの下で剥《む》き出しになってしまっているというのに。

「――気持ちいいこと、してあげる」

「え？　ぁあああっ……！」

彼はそう言うと、普段であれば誰の目にも触れることのない、薄布に守られているその場所に顔を埋《うず》めた。

一瞬、何が起こったのかわからなかった。けれどすぐに、入り口の粘膜に触れるざらついた感触が彼の舌だと気付く。咄嗟《とっさ》に私は、身体をばたつかせて抵抗した。

「やだっ、彰悟、やあっ……！」

「ほら、暴れない。気持ちよくなりたいでしょ？」

彼は舌を上から下に動かしながらそう訊《たず》ねる。彼の吐息が下肢《かし》にかかる。

「そんなとこ、汚いからっ……だ、ダメっ……！」

こうなると知ってたら、さっきお風呂に入ったのに！

……いやいや、後悔のポイントが違った。だけどこんなの、恥ずかしさと申し訳なさで泣きそうになる。

「汚くない。いいから、そんなに身構えないで力抜いて。……入り口のひくひくしたところ、舌先で突いたら気持ちいいでしょ？」

「あんっ……！」

今まで味わったことのない刺激にはおどろくばかりだったけれど、徐々に感覚は快楽に傾きはじめる。温かな舌先が入り口の縁《ふち》をなでるたびに、身体がビクつく。

「綺麗なピンク。表面が愛液で濡れてて、上から水飴でもかけたみたいだな」

「み、ないでよっ……！」

そんな細かく説明されたら、余計に恥ずかしい。

「どうして？　見せてよ。一華のここ見られるの、俺だけでしょ？」

「っ……！」

「――だから、一華のここを気持ちよくできるのも、俺だけね」

彼は歌うように言いながら、今まで不自然なくらいに触れてこなかった敏感な突起を、ぺろりと舐《な》めた。そして、上下の唇で挟んで、優しく吸い上げる。

「あんんんっ……！」

何これ――何これっ、すごいっ……！

こんなの続けられたら、身体が変になっちゃうっ……！

「ダメっ、彰悟っ……それ、ダメっ……！」

「やだ、止めない。一華のダメは当てにならないから」

「ん～～!!」

身体を捩《よじ》ってストップをかけるけれど、膝を押さえている手に強く力をこめられて、制止されてしまう。

「赤く腫《は》れて、すこし大きくなってるね。そんなに気持ちいい？」

舌先で突起を愛《め》でる彰悟に訊《たず》ねられるけど、私に答える余裕はない。

下半身を支配する快感が強すぎて、息ができない。気持ちいい——気持ちよすぎるっ……！

ずっとこんな風にされたら、我慢できなくなってしまう。身体がぶるぶる震えて、奥のほうから、何かくる感じっ……！

「ダメっ、本当にダメっ……！　彰悟っ……ぁああっ！」

甲高い声で啼《な》いたと同時に、緊張していた身体が一気に弛緩《しかん》する。

「イッちゃったんだ。可愛い」

彼はすこしだけ顔を上げて、薄く笑んだ。

「だってっ……ダメって言ったのに、続けるからっ……」

「でもそのおかげでイけたんだろ」

これで終わりかと思ったのに、彼は再び私の下肢《かし》に顔を埋《うず》めた。

「やっ……ねえ、彰悟っ……！」

「んっ……やめるとは言ってないけど？」

「そんなっ……ふ、ぁあっ……！」

達してより敏感になっている場所を攻められ、じっとしていられない。けれど、抗《あらが》う力はさっきと比べて格段に弱くなってしまっている。それはもちろん、達したために力が入らなくなったせいだ。

「やぁっ、それ以上はもうダメっ、ダメだってばっ……！」

感じやすい入り口や突起を執拗《しつよう》に嬲《なぶ》られて、頭のなかが真っ白になる。

「はぁあああっ……！」

二度目の絶頂はすぐだった。高ぶるだけ高ぶった身体にとどめを刺すのは容易《たやす》く、入り口に舌先を出し入れされると、また波打つような絶頂感に襲われた。

「すごい声。ちゃんとイけて、偉いな」

「はぁっ……彰悟っ……」

顔を上げて、身を乗り出した彼が私の額《ひたい》にキスをした。

まだ頭がぼーっとしている。私は、乱れた呼吸を整えながら、彼の目を見つめた。

「ものほしそうな目で挑発するなよ」

そんなつもりはなかったのだけれど、絶頂によって上気した顔は、彼にとってはそう見えたのかもしれない。

「そんな表情見てたら、すぐにほしくなるじゃん」

私を見下ろす彼の目が、興奮に濡れる。

「今夜でしばらく会えなくなる。……だから、一華のこと、思いっきり抱いていい？」

彼に再び会えるのは三か月後だ。

私も、彰悟の熱を忘れないように……思いきり、抱かれたい。

「うん……いいよ」

私は頷《うなず》いて、彼の頭を抱き寄せる。

「思いっきり抱いて。私は彰悟の彼女なんだって……身体で教えて？」

「一華……」

再び唇同士が触れ合う。啄《ついば》むような音を立てて離れたあと、彼も部屋着を脱ぎ捨てる。

「これだけ残っちゃってたな」

彼が笑ったのは、私のブラだ。ショーツの下を徹底的に攻められていたので、脱がせるタイミングを失っていたらしい。それも一緒に外された。

「ヤバい。俺の、こんなになっちゃってるんだけど」

彰悟は、避妊具を装着した彼自身を示しながら言う。

お腹についてしまいそうなくらいの角度をつけたそれは、私の膣内に挿入《はい》るのを心待ちにしているかのように、大きく脈打っている。

そんなのを見せられたら、私もほしくなってしまう。

身体の奥が切なく疼《うず》くのを感じながら、私は「来て」と囁《ささや》いた。

「好きだ、一華……」

「ぁあんっ！」

愛の言葉を耳元に落としながら、彰悟が私の膣内に挿入《はい》ってきた。

とろとろに解《ほぐ》れていた身体はその侵入をいとも簡単に許し、受け入れる。内壁は、彼自身を何のためらいもなく最奥まで導いた。

「っ……ずいぶんすんなりと挿入《はい》ったな」

「うんっ……」

こんなに硬く張りつめているものを、易々《やすやす》と呑みこんでしまうなんて。自分の身体なのに、そこだけ別の誰かが操《あやつ》ってるみたいだ。

「俺が届いてるの、わかる？」

「わ、かるっ……」

「奥で大きくなってるのも、わかる？」

「んっ……大きいっ……」

内壁から広がる快感に震えながら頷《うなず》く。

私の身体のなかで、彼のそれはさらに質量を増している。私の膣内に挿入《はい》ったという事実に興奮しているのだと思うと、素直に嬉しい。

「これ、一華の膣内でいっぱい擦《こす》ってみたい……もう、動いていい？」

「はぁっ、いいよっ……動いてっ……」

彰悟は、私のＹＥＳの返事を聞き届けると、すこしずつ抽挿《ちゅうそう》をはじめる。

「あっ——んっ、あぁっ」

ゆっくりとしたストロークは、勢い任せのそれとは違い、身体の芯に響くようなじわじわとした快感を運んでくる。

彼の一突き一突きに身を震わせながら、喘《あえ》ぎとも吐息ともつかない声がこぼれる。

「膣内ぐりぐりされるの……気持ちいい？」

「んんっ……はぁっ、気持ちいいよっ……」

根元まで押しつけたあとの抉《えぐ》るような動きが、私の知らなかった新しい快楽をつれてくる。

私はその快感に酔いしれ、熱に浮かされたように返事をする。

「もうすっかり、えっちに慣れたって感じだよな。前は、俺がそういうこと訊《き》いても、恥ずかしがって答えようとしなかったのに」

「……そ、そういうわけじゃないけどっ」

慣れた、というより、なるべく素直に答えるようにしているのだ。

当然、気恥ずかしさは根強くある。ただ、彰悟の場合、はぐらかしても必ず答えを要求してくるから、厄介《やっかい》なのだ。

恥ずかしくて答えないでいると、わざと、より強烈な言葉を選んで煽《あお》ってくる。どうせ答えなければならないなら、最初に訊《き》かれたときのほうが、まだ羞恥《しゅうち》を感じずにすむ。

「これ……誰のが挿入《はい》ってる？」

サディスティックな瞳が、愉《たの》しむような光を宿している。

「一華のここに……誰の、何が挿入《はい》ってる？」

「っ……」

何が――なんて、そんなの言えるわけない。

私は抗議の意味をこめて彰悟を見つめるけれど、彼は整ったイケメン顔に加虐心《かぎゃくしん》を滲《にじ》ませた表情で、私の反応を待つばかりだ。

「そんなのっ……言えないっ」

「何で？」

「あんっ！」

私がギブアップすると、彼は強く腰を打ちつける。深いところを抉《えぐ》るように、何度も。

「だって……は、恥ずかしいからっ……」

「俺しか聞いてないだろ。問題ない」

音にして発するということに抵抗があるのだと、この男はわかっているはずだ。

それなのにわざととぼけたふりをして、言わせようとする。

「誰の何かわからないんじゃ、続けられないよな」

彼は律動を止めると、接合部に指を這《は》わせた。そして、彼と繋《つな》がっている輪郭部分を、指先でそっとなぞる。

「一華が美味《おい》しそうに咥《くわ》えこんでるこれが、誰の何かってことが聞きたいだけなんだけど──簡単だろ?」

「っ……!」

この意地悪!

心のなかで暴言を吐きながら、一度知ってしまった快感を取り上げられる辛さには、耐えられそうもなかった。

もっと膣内をかきまぜてほしい。突いてほしい。擦《こす》ってほしい。

その衝動を叶えてもらうためには──

「言うっ……言う、からっ……意地悪しないでっ……」

彼の要求に従うしかない。私は羞恥心《しゅうちしん》に支配されながら、再び口を開いた。

「しょ……彰悟のっ──」

あとに続く言葉は、辛うじて彼に聞こえるくらいのごく小さなボリュームで続けた。

こんな単語、口にする日が来るとは思わなかった。恥ずかしくて、顔から火を噴きそうだ。

「……今の顔、めちゃくちゃエロかった」

私から目的の言葉を引き出した彰悟は、満足そうに目を細めたあと、そう呟《つぶや》いて、律動を再開する。

「んんっ……！」

すこしの間快感を忘れていた身体は、過敏になっていた。

身体の内側に向かって往復する彰悟の熱が、私をもう一度高みへと押し上げていく。

「彰悟っ……彰悟っ……！」

彼にしがみついていないと、せり上がってくるものに振り落とされてしまいそうだった。

「一華、いっぱい感じて」

私の膣内を穿《うが》ちつつ、彼は私の胸の膨らみに手を伸ばしてくる。

ピンと勃《た》ち上がった先端を、親指の腹でなでるように刺激する。それから、すこし背を丸めて、その部分に口付けた。

さっき下腹部に施《ほどこ》したのと同様に、舌先で舐《な》めたり、吸い上げたりしながら、私を快感の淵《ふち》に追いつめていく。

いろんなところを弄《いじ》られたら、それだけで、私っ……！

「もうダメっ……！」

身体全体が大きく震える。気持ちよすぎて、どうにかなりそう！

「またっ……イッちゃうっ……!!」

「イけよ。一華がどうしようもなく乱れてる姿、俺に見せろっ……」

「ゃあああっ……！」

空気を入れすぎた風船が弾けるみたいに、快楽のゲージが振り切れる。

私は快感に打ち震えた喘《あえ》ぎ声を上げると、高みへ導かれた。

「くっ……！」

それと同じタイミングで、彰悟も私の膣内で果てた。避妊具越しに放たれた熱を感じながら、汗だくの彼を抱きしめる。

「……好き。彰悟が、好き」

「俺もだよ、一華」

絶頂の余韻なのか、触れ合った彰悟の胸の鼓動はとても速かった。

「私、今回も信じて待ってる。……彰悟のこと、信じて待ってるから、彰悟も……私のことを信じて、演奏会頑張ってね」

「……ありがとう」

離れていても、信じあっていれば同じ想いでいられる。

彰悟の言葉を心に刻《きざ》みながら、私たちはそう約束を交わした。

■　□　■

「アメリ、今日も来たよ～」

夕刻、サバトラ模様の可愛い彼女に会いに公園を訪れると、アメリは土管のなかで丸くなっていた。

「……寒いからお出迎えもなしってこと？」

出てくる様子はなさそうだ。腰をかがめ、内側を覗きながら私が呟《つぶや》く。

季節はもう冬に入った。今日はファーのついた厚みのあるコートをぜひ出さなきゃと思ったくらいだし、寒さが苦手らしい猫にとっては、活動するのに億劫《おっくう》な季節へ突入ということになる。

まぁ、億劫《おっくう》になるのは人間も同じか。冷たい風に触れる屋外よりも、ぬくぬくとした暖房の効いた室内がよくなるのだから。

それにしても――

「どうせここに来たのが彰悟だったら、喜んで飛び出てくるんでしょ？」

当然、土管から返事はない。でも、きっとそうなるだろう。

彰悟がヨーロッパに出発してから、度々ここに立ち寄っているけれど、アメリは寂しいからなのか、私が求めている人間と違うからなのか、こんな風に態度がそっけない。こちらとしては、ともに彰悟の帰りを待つ者同士、気持ちの共有をしたいのだけど、彼女にその気はないみたいだ。……残念。

「そうだ、アメリ。いいもの見せてあげるね――じゃーん」

私はスマホのメッセージアプリを起動して、彰悟から送られてきた写真を表示する。

これは、オーストリアでの演奏会の写真らしい。出演者一同が並んだなかに、当然彰悟も写っている。

彼が日本を発《た》ったあとは、こういった写真のやりとりや、メッセージの交換を頻繁《ひんぱん》に行っている。彼からは今日はこんな場所で練習したよ、とか、こんな仲間と食事してるよ、とか。

例の、あの夜中に電話をしてくる若い女性の正体も、彼からのメッセージと写真で知ることができた。彼女もエルシーさんと同じく同業者で、日系アメリカ人のアビーさんと言うらしい。

アビーさんは演奏会が始まるまでの期間、海外で別のリサイタルを行っていたそうだ。

その時差の関係で、あんな微妙な時間に電話がかかってきていたというわけだ。ついでに言うと、チェロ奏者の婚約者と結婚間近らしい。……浮気相手とかじゃなくて、本当によかった。

ちなみに私のほうは、アメリの写真を送ったり、最近の日本でのニュースや出来事を教えたりしている。

「彰悟ってば、彫りの深い外国の人たちと並んでても、違和感ないと思わない？」

鼻先のスマホにまったく興味を示さないアメリに、重ねて言葉をかけるけれど、知らんぷりだ。興味はないと言いたげに、顔を洗っている。

「もー、せっかくアメリの会いたい人の写真、見せてあげてるのに」

またもや拗《す》ねているのだろうか。まぁ、もとより、ちゃんとした反応なんて期待していないからいいんだけど。

「……大丈夫。もうすぐ帰ってくるよ。そうしたら、またふたりで会いにくるから」

再びここに彰悟がやってくるのは、一月の末になるだろう。もうすこし時間が空く。

華やかで賑《にぎ》やかなイベントごとの多い年末年始にひとりなのは、ちょっと——いやかなり寂しいけれど、彼と気持ちが繋《つな》がっていられるならきっと大丈夫。

その間にふたりで住む家を探していれば気分が紛れるし、彰悟にも報告できる。

そうそう、実家に帰省するときには、私の恋愛事情に気を揉んでいる両親に、すこしはいいお知らせができるかも――なんて想像したら、自然と口元が綻《ほころ》んだ。

彼と出会う前までは、そんな日が来るなんてちっとも想像していなかったのに。

「――楽しみだね、アメリ」

これからふたりがどうなるかなんて、神様にしかわからないけれど、今の私は、彰悟とともに進もうとする道が、楽しみで仕方がない。

私と彼とが奏《かな》でるハーモニーは、どんな未来を作り上げるのだろう。

それが心弾むような煌《きら》びやかな旋律《せんりつ》であることを願いながら、彼の帰りを待つ同志の灰色の頭を、そっとなでるのだった。

■□■

年が明け、お正月気分も過ぎ去った月末。

私は、待ちに待った瞬間を迎えた。それはもちろん、彰悟の帰国だ。

帰国予定は日本時間の平日昼だった。彰悟には「仕事が終わってから会おうか」と言われたけれど、そのわずかな時間さえも我慢できなくて、有給休暇をもらった。

前もって彼に指定されていた、到着ロビーの一角にあるソファで待機しながら、ソワソワしてしまう。

あれだけ頻繁《ひんぱん》に連絡を取っていたというのに、まだ心のどこかで「新しい彼女でも連れて来ていたらどうしよう」なんて思考があった。

でもそれは、彼を疑っているとかそういうことではなく、私自身の自信のなさが原因だ。

彰悟のことは信じているし、ネガティブな想像は極力しないようにしていたけれど、それでもついつい不安に駆られてしまう。

「一華」

でもそんな不安は、大きなトランクを引きながら私の名前を呼んだ彰悟の、満面の笑みで吹き飛んでしまった。

迎えに集《つど》う人々のなかから私を見つけて、至極嬉しそうに笑うその表情だけで、彼が私との再会を心の底から楽しみにしていたのが伝わってきたからだ。

「彰悟」

私もソファから立ち上がって、彼のもとへと駆け寄った。

「会いたかった」

彰悟は一言そう言うと、トランクから手を離し、私の背中に回した。

「ちょっ、彰悟っ」

周囲の視線が私たちに注がれているのがわかる。慌てた私が彰悟に訴えかけるも、彼は聞こえないふりをして離してくれない。

　こういう光景を目撃する立場だったときは、恥ずかしくないのかな、とか、バカップルだなぁなんて思ったりしたものだけど——いざ目撃される立場になると、やっぱり恥ずかしい。

　……でもまぁ、恥ずかしくてもいいか。こんなにいとおしくて喜ばしい感情になるなら、バカップルでも構わない。

　私は目を伏せて、彼に倣《なら》うように彰悟の背中に腕を回す。

　細身のはずの彼の身体を妙に大きく感じるのは、彼の着ているダウンジャケットのせいだろう。もこもこしているから、ちょっと抱きしめにくい。

　彼と最後にハグをしたのはもうすこし薄着のときだったから、それだけでも時間の経過を感じた。

「三か月、よく我慢してくれたな」

「……うん」

　私は目を閉じたまま答える。

「辛くなかったとは言わないけど、彰悟のこと、信じてたから」

　離れていても、私たちは繋《つな》がっている。そう自分に言い聞かせて、どうにかこの日を迎えることができた。

再会の喜びを噛み締めていると、彰悟がそっと身体を離した。そして――

「一華、これ」

ポケットから四角い何かを取り出す。

「お土産《みやげ》。――開けてみて」

促《うなが》されるままに、それを手に取り開けてみると――

中央の台座に填《は》められていたのは、王冠を模した石座《いしざ》の上にキラキラ輝く大粒の石が乗ったリング。これって、もしかしてダイヤモンド？

「っ、指輪……」

「俺、離れてみてわかった。演奏会で海外に滞在することも多いし、日本にいたとしても一緒に過ごせる時間は、普通の仕事をしているヤツより少ないかもしれない。でも、一華とならこの先もずっとやっていけるって確信した」

そこまで言うと、彰悟は私の瞳を真剣に見つめた。そしてふっと柔らかく微笑む。

「同棲しようとは話してたけど――ちゃんと、夫婦として一緒に暮らそう。結婚しよう」

「彰悟……」

思いがけないプロポーズに、胸が温かな気持ちで満ちていく。

迷う隙《すき》なんてすこしもなかった。

「はい。お願いします」

私は涙声で答えたとき、美しい音楽が聴こえたような気がした。

優しく力強く、それでいてロマンティックなそのメロディは、幸福への前奏曲《プレリュード》なのかもしれない――

書き下ろし番外編

勘違い男の小夜曲《セレナーデ》

女っていうのは素直になれない生き物だ。

オレ——戸塚貴広《たかひろ》はそれをよく知っていた。理由はオレのきょうだいにある。姉がひとりと、妹がひとり。ふたりともそれなりに可愛く、それなりにモテる。だから常に、彼氏は途切れない。

そのふたりに恋愛のテクニックなるものを訊《き》いてみた。ふたりは口を揃えてこう言った。

「女性はね、思っているのとは逆のこと言うんだよ。好きだったら嫌いって言うの。男性もそのほうが燃えるでしょ？」

……なるほど。そうかもしれない。目からうろこだ。

頷《うなず》きながら、オレは瀧川のことを思い出していた。

瀧川一華。会社の同僚だ。歳はオレと同じ二十八歳。彼女とオレは同期ということになる。

黙っていればまぁまぁ見れる顔だし、トレードマークの長い黒髪はいつも綺麗に手入れされていて目を惹《ひ》く。ただ、気の強さが玉にキズだ。瀧川を怖いと言う男性社員もいるほどに。

けれどオレにとっては、そのハッキリした性格や物言いが小気味よく感じられて好感が持てた。彼女もあれこれ言いたいことを無遠慮にぶつけてくることはあるにせよ、それくらいフランクに話せるという証拠だから、少なからずオレを気に入っているのだろう。

入社して早ウン年。今や同期の独身はオレと瀧川だけになってしまった。いつまでも身を固めようとしないオレたちを心配した笹森部長が、「ふたりで映画でも行ってきなさい」なんて、デートをセッティングし始めたのだ。

いきなりで驚いたけど、瀧川が部長やオレの目の前で散々嫌がる素振りを見せたことで確信した。

——そうか。瀧川はオレのことが好きだったのか。

姉ちゃんや妹の言っていた通りじゃないか。瀧川のオレに対する、罵詈雑言《ばりぞうごん》ともとれる数々の発言は、オレを好きだという気持ちの裏返しだったのだ。

女ってのは本当に素直じゃない。正直に気持ちを打ち明けてくれれば、変に回り道しなくたって受け止めてやれるのに。

だからズバリ言ってやったんだ。『それだけ過剰に反応するなんて、実は瀧川もオレに気があるんじゃないか』って。

でも瀧川は頑《がん》として認めなかった。挙句の果てに、『彼氏がいる』なんて嘘までついてきたりして、とことん素直じゃない。

でもまぁ部長の前だし、彼女の性格からして、すんなりとデートがしたいとは言えないのだろう。ふたりきりのときに素直になってくれればそれでいい。

そう思って迎えたデート当日、オレの期待は見事に裏切られた。

瀧川は本当に彼氏を連れてきたのだ。しかも超がつくほどの、とびきりのイケメンを。カッコよくて爽《さわ》やかで物腰も柔らかい彼氏に、オレは一ミリだって勝てそうになかった。正直、ショックすぎてそのときのことはあまり覚えていない。

逃げるように家に帰ると、ちょうど同居している妹が起きてきたところだったから、デートの約束をしたのに彼氏を連れてきたときの心境について相談してみた。

「もっとお兄ちゃんの気を引くためなんじゃないの。女性は追いかけるより追いかけられたいものだよ」

さすがはモテ女の妹。今回も身に染みる言葉だった。

やっぱり瀧川はオレのことが好きなんだ。でも、オレが「そっちが好きなら付き合ってもいいけど」ってスタンスだったからヘソを曲げているってワケだ。一筋縄ではいかない女だ。

でもだからといって、従順に瀧川を追いかけてはダメだ。

女っていうのはお姫様扱いするとすぐにつけ上がる。少し様子を見て、今だというタイミングで一気に攻める。あくまで、瀧川のほうからオレに「付き合って！」と言わせたい。

ここは我慢の時間だ。職場に例のイケメン彼氏が現れたときも、オレは気にしないふりをして周りの女子社員と一緒に囃《はや》し立てた。あまりのラブラブっぷりに辟易《へきえき》して最後のほうは戦線離脱してしまったけど、オレの作戦はバレていないはずだ。

オレの願いが届いたのか、チャンスはすぐにやってきた。瀧川が彼氏と別れたのだと、理穂ちゃんから聞いたのだ。

こんな短期間で別れるなんてあまりに展開が早い。しかも、ついこの間まで会社に弁当を届けに来るくらいラブラブだったたっていうのに。何だか妙だ。

――これはもしかしたら、ひと芝居打ったということなんじゃないだろうか。

きっとそうだ。瀧川はオレの気を引くためだけに彼氏と付き合った。でもオレが擦り寄ってこないから、空《むな》しくなって別れたんだ。

オレを振り向かせるための嘘とはいえ、あんなイケメンとどこでどう知り合ったのかが引っかかるけど、それはこの際どうでもいい。

本当は瀧川のほうから来てほしかったけど、それもまあいい。肝心な台詞《せりふ》さえ彼女の口から聞ければ、お膳立てはいくらでもしてやろうじゃないか。

だから喫煙ルームに呼び出したとき、全力で拒否されたのにはビックリした。オレがここまで手を差し伸べているのに。瀧川はその手を取るだけでいいような状況なのに。彼女はオレを拒《こば》んだ。それも、暴力をもって。

これにはさすがのオレも堪《こた》えた。ここまで歩み寄られてもなお素直になれない彼女は、ド級のツンデレということなのだろう。

でも、それでいい。ツンの部分が突き抜けていればいるほど、デレたときの破壊力も凄まじいに違いない。オレは、最大級にデレた彼女を想像しながら、この理不尽に耐えた。

そうこうしているうちに、瀧川と彼氏が復縁したという噂を聞いた。付き合ったり別れたり忙しいヤツらだ。どうせ、それすらオレに対するアピールなのだろう。わかっている。こうなったらとことん付き合ってやろう。

そう腹をくくっていたから、彼女が社内で落ち込んでいたときも、オレは何気ない風を装《よそお》いつつ懸命に慰《なぐさ》めた。そしてその甲斐あって、ついにその瞬間が訪れた。

『戸塚、あんた、たまにはいいこと言うじゃない』

『え、そう？』

『うん。正直、あんたの発言で初めて感心したかも』

『たまには』とか『初めて』なんてフレーズが気にかかって、その会話の直後は落ち込んだけど、おそらく瀧川は初めて正面からオレを評価してくれた。そう、瀧川はデレ始めているのだ。

ここまでくればもう、オトしたも同然だ。オレは達成感に浸った。

費やした時間は約三か月。この夏から秋にかけては短いようで長かった。

さぁ瀧川、オレはいつでもウェルカムだ。自分の気持ちを正直に曝《さら》け出せばいい！

ところが――それから一か月経っても、二か月経っても、三か月経っても。瀧川からのアプローチはなかった。

おかしい。理穂ちゃんや前野っちに探りを入れた感じでは、最近は彼氏とも会っていないようだ。それに、少し前に元気がなかったのが嘘みたいに、明るく、吹っ切れた顔つきだ。

そろそろオレにアタックしてきそうな空気はビシビシと感じているのに、本人からのアクションは何もなかった。

……女ってのは本当に素直じゃないし、世話がやける。

仕方ないな。オレが瀧川に「好きだ」と言って気が済むなら、そうしようじゃないか。

二月に入ったある日の帰り、オレは瀧川を会社近くのカフェに誘い出した。ここはいつも静かで空いているから、大事な話をするにはうってつけの場所だ。

忙しいだの面倒くさいだのと断りたそうな素振りを見せていたけれど、結局ついてくるんだから。いい加減、少しくらいは素直になってもいいものを。

「話って何」

店の扉のすぐそばにある、二人掛けテーブルの向かい側に座る瀧川の声は、ドスがきいていた。最近は常に機嫌がよさそうだったにもかかわらず、今日は何故かイライラしているように見受けられる。

「またまた〜。瀧川ってば、もうわかってるくせに」

「は？　……意味わかんない」

オレにだけ見せるツンツンした言動。彼女のそんな演技も、今夜限りだと思うと名残惜しい。

「私、このあと予定があるの。結論から話してもらっていい？」

「ま〜、そう言わず。こういうのはムードが大事だから」

「……ムード？」

「一度しか言わないから、よーく聞いておけよ」

オレは咳ばらいをしてから、瀧川の勝気な瞳をじっと見つめた。

「オレの気持ちは、お前と一緒だ。だから、素直になれ」

――決まった。敢《あ》えて婉曲《えんきょく》な表現にしたところにセンスを感じてほしい。オレの筋書きでは、このあと、瀧川が感激して「嬉しい……戸塚くんのことが好きだったの！」なんてデレ始めるはず――

オレは彼女の様子を窺《うかが》った。……あれ？　目が点になっている。

おかしいな。予想と違う反応だ。

「……大事な話があるって散々ゴネて強引に連れ出したと思ったら、そんなくだらないことを言いたかったの？」

「え？」

どうしてか、だんだん瀧川の口調に怒気が満ちてくる。俯《うつむ》く彼女の、テーブルの上にのせられた両手は、ぐぐ、と皮膚の擦《こす》れる音がするくらいに強く握られていて、小刻みに震えている。

……どういうことだ？

困惑していると、瀧川は耐えきれないとばかりに顔を上げた。

「あんたも私と同じ気持ちなんでしょ？　あんたみたいな勘違い男は大っ嫌い！　金輪際近寄らないでもらっていい？」

「っ!?」

オレは金属バットで頭をぶん殴られたみたいな衝撃を受けた。

「ど、どうして……？　瀧川は、オレのことが好きなんだろ……？」

「まだそんなこと言ってるの。もういい加減にしてよ。それは絶対にないって何回説明すれば理解してくれるの？　だいたい、私には彼氏がいるんだってば」

「その彼氏とは別れたんだろ？　それに、ソイツと付き合ったのだって、オレの気を引くためじゃないか」

「……あんた、本当に頭大丈夫……？」

最初は激しく怒っていた瀧川だったけれど、言葉の応酬《おうしゅう》を繰り返すうちに呆れているようだった。

「――ま、いいや。信じられないなら、これ見て」

彼女はそう言うと、握っていた左手を開いて、その薬指に填《は》められた指輪をチラつかせた。普段あまりアクセサリーのイメージがないのに、珍しい。

「これ見て、何か思わない？」

「綺麗な指輪だな」

「そうじゃなくて！」

オレの反応が間違いであるかのように、彼女は腹を立てている。

大粒ダイヤの綺麗な指輪だ。これ以上の感想を求められても困る。きっと高価なものなんだろうとか、それくらいだ。

「あのね、これは婚約指輪！　私、彼氏と結婚するの」

痺《しび》れを切らした瀧川が高らかに宣言した。

えっ、結婚……!?

「たっ、瀧川、結婚すんの!?　嘘だろ!?」

「嘘じゃない。だからこうやって証拠見せてるんでしょ。わかったらもうあり得ない妄想するのはやめてよね。さすがにもう付き合いきれないわ」

「なっ……な、何でっ……」

彼女の話を信じられなくて、オレは上手く言葉を紡《つむ》げなかった。

そんなバカな。女は素直じゃないから逆のことを言うんだろ？

瀧川はオレのことが好きだから、嫌いなふりをしてたんじゃないのか？

混乱していると、扉が開いた。そこに現れた端整な顔立ちの男性に見覚えがある気がした。

……そうだ。このイケメンは、瀧川の彼氏。

「一華」

そう思い至ったのと同時に、イケメンが清潔感のある笑みをこぼして瀧川に声をかけた。

「彰悟。ごめんね、たまには外でゆっくりご飯食べようって話だったのに、戸塚に捕まっちゃって。でももう話は済んだから」

瀧川も瀧川で、オレの存在なんて忘れてしまったみたいに穏やかな表情を浮かべると、ためらいなく席を立った。

「——そういうわけだから、お疲れさま」

「あっ——」

オレが止めようとするのも空《むな》しく、瀧川は店外へ出て行ってしまった。イケメン彼氏も、オレに愛想よく一礼して扉を閉めた。

「…………」

ひとり取り残されたオレは、無言でコーヒーを啜《すす》った。

今のは何だったんだ？　瀧川はオレのことが好きだったはずだろう。何で勝手に婚約なんてしてるんだ？

もっと強引に行くべきだったか？　オレの気持ちを試していたとか？

いや、でも瀧川の様子を見る限り、とても嘘をついているようには見えなかったんだけど……

わからないことを考え続けても仕方がない。ここはモテ女の妹に訊《き》いてみることにしよう。新たな作戦を立てるのはそれからでも遅くない。

オレはまっすぐ家に帰ると、すぐに妹の部屋を訪ねた。そして、今までの流れをこと細かに説明する。妹からの返答はこうだった。

「お兄ちゃん、初めから本気で嫌われてるんだと思うよ。てか普通気付くよね、キモっ」

――そんな。女は素直じゃない。好きなのに嫌いだと言うんだ。そう教えてくれたのは、お前と姉ちゃんだったというのに。

じゃあ何か。すべてはオレのひとり相撲《ずもう》だったということなのか。

瀧川がオレに気があると、そう思い込んでいただけ……？

眩暈《めまい》がした。もしそれが本当なら――オレはただの勘違い男ってことになる。

……あぁ、もう無理だ。立ち直れない。

身体中の力が抜けたオレは、三日三晩寝込んだ。寝込んでいる間、周囲から勘違い男のレッテルを貼られてバカにされる夢を見続けた。それくらいへコんでいたのだ。

明けて四日目、心身ともにようやく出社できるくらいまで回復した。

「おはようございます、戸塚先輩。身体は大丈夫ですか？」

朝、自分のデスクに着くと、前野っちが声をかけてきた。

「あぁ……まあ」

正直、まだ本調子には程遠かった。身体というよりは心が。

「無理しないでくださいね。でも、戸塚先輩が出勤してきてくれてよかったです」

前野っちは品のいい笑みを浮かべてそう言った。それから交通費申請の用紙をオレに手渡し、一礼して自分の席に戻っていく。

そのとき、オレの頭のなかに祝福の鐘が鳴り響いた。

『無理しないでくださいね。でも、戸塚先輩が出勤してきてくれてよかったです』

それはどういう意味だろうか？

オレが出勤してきてよかった。オレが元気になって嬉しいと、そういうことだろうか。

改めて前野っち——前野優衣を眺めてみる。茶髪のボブヘアに、緩やかなカーブを描く眉と丸い瞳。やや厚めの唇。美人という雰囲気ではないけれど、素朴な可愛らしさがある。

好きを嫌いと言うなんて嘘だ。やっぱり嫌いは嫌いだし、好きは好きなのだ。

元気になって嬉しい……なんて気にかけてくれるのは、好きだって証拠だよな。つまり前野っちは、オレのことを好きだったのか。

どん底まで落ち込んでいた気分が一気に高揚する。それならそうと、オレにアプローチをしてきたらいいのに。さっきのような控えめなアピールで、オレが気付かなかったらどうするつもりなんだろうか。

いや、でも急ぐ必要はないか。オレはいつでもウェルカムだから、前野っちのいいタイミングを待とう。

「優衣、戸塚先輩と何話してたの？」

「特別には何も。あ、でも交通費申請の紙を渡したよ。今日までに書いて出してくれないと、給料日の支払いに間に合わないから。今日出勤してきてくれて助かったよー」

「そっか、遅れると手間だもんね」

――前野っちと理穂ちゃんの間でそんなやりとりがあったとは露知らず、オレは前野っちへの想いを育《はぐく》んでいったのだった。

イケメンモデル兼俳優の男友達、理人《りひと》から「既婚男性役を演じるのにリアリティを出すため、撮影の間だけ妻のフリをしてほしい」と、とんでもないお願いをされたOLの凪《なぎ》。困っている友人の姿に、フリだけなら…と、凪はその提案を受け入れた。だけど―― 両親への挨拶に、同棲に、さらには毎晩の濃厚な夫婦生活!? “フリ”の範疇《はんちゅう》を超えた要求の連続で……!?

B6判　定価：本体640円＋税　ISBN 978-4-434-25638-7

B6判 定価：640円＋税 ISBN 978-4-434-24187-1

EB エタニティ文庫 ～大人のための恋愛小説～

Arisa&Reijiro

赤

ドSな彼に迫られて!?

それでも恋はやめられない

小日向江麻 装丁イラスト：相葉キョウコ

婚約破棄された有紗は、つらい過去を断ち切るため、新生活の舞台を東京に移すことを決意する。そこで、年下のイトコ・レイとシェアハウスをすることになったのだが、久々に再会にした彼は、驚くほどの美青年になっていた！　しかも、なぜか有紗に積極的に迫ってきて……!?

定価：本体640円+税

Suzuka&Haruto

赤

京都一人旅は恋のはじまり!?

トラベル×ロマンス

小日向江麻 装丁イラスト：minato

父親の決めた婚約が嫌で、プチ家出を決行することにした清花。京都に向かう新幹線で隣に来たのは、大好きな漫画のヒーローそっくりなイケメン！　彼とは仲良くなれる？　婚約は取り消してもらえる？　旅の素敵なハプニングが恋を呼ぶ！　トラベルロマンスストーリー。

定価：本体690円+税

※エタニティブックスは大人の女性のための恋愛小説レーベルです。ロゴマークの色で性描写の有無を判断することができます（赤・一定以上の性描写あり、ロゼ・性描写あり、白・性描写なし）。

詳しくは公式サイトにてご確認下さい
https://eternity.alphapolis.co.jp

携帯サイトはこちらから！

エタニティ文庫　～大人のための恋愛小説～

Azusa&Kosuke

赤

幼なじみが天敵に!?

初恋ノスタルジア

小日向江麻　装丁イラスト：一夜人見

初恋の人・孝祐と、約十年ぶりに同僚教師として再会した梓。喜ぶ梓とは裏腹に、彼は冷たい態度。しかも、新授業改革案を巡って、二人は会議のたびに対立するようになる。彼があんな風に変わってしまった理由は？ 初恋を大切にしたいすべての人に贈るラブストーリー。

定価：本体690円+税

Maho&Masaki

赤

思いがけない依頼だけど……

マイ・フェア・プレジデント

小日向江麻　装丁イラスト：相葉キョウコ

「あなたを……我が社の次期社長としてお迎えしたい」。家族のためにダブルワークをする真帆への突然の申し出。あまりに突拍子のない話に一度は断ったけれど、話を持ってきた彼の真摯な態度に心を打たれて——。秘密がありそうな御曹司との甘く切ないラブストーリー！

定価：本体690円+税

※エタニティブックスは大人の女性のための恋愛小説レーベルです。ロゴマークの色で性描写の有無を判断することができます（赤・一定以上の性描写あり、ロゼ・性描写あり、白・性描写なし）。

詳しくは公式サイトにてご確認下さい
https://eternity.alphapolis.co.jp

携帯サイトは
こちらから！

エタニティ文庫

フェロモンボイスに陥落寸前!?

魅惑のハニー・ボイス

倉《くら》多《た》 楽《らく》　装丁イラスト／秋吉ハル

エタニティ文庫・赤

文庫本／定価：本体 640 円+税

製菓会社で働く真帆《まほ》は、ラジオで新商品をＰＲする役目に抜擢された。その番組のパーソナリティは、女性に絶大な人気を誇る志波幸弥《しばゆきや》。その美声に加えて超イケメンぶりに、真帆は緊張MAX！　そんな中、どういうわけか彼は甘い言葉で彼女に猛アプローチをしかけてきて——

※エタニティブックスは大人の女性のための恋愛小説レーベルです。ロゴマークの色で性描写の有無を判断することができます(赤・一定以上の性描写あり、ロゼ・性描写あり、白・性描写なし)。

詳しくは公式サイトにてご確認ください。
https://eternity.alphapolis.co.jp

携帯サイトはこちらから！

本書は、2016年10月当社より単行本として刊行されたものに、書き下ろしを加えて文庫化したものです。


この作品に対する皆様のご意見・ご感想をお待ちしております。

おハガキ・お手紙は以下の宛先にお送りください。

【宛先】

〒150-6008 東京都渋谷区恵比寿4-20-3 恵比寿ｶﾞｰﾃﾞﾝﾌﾟﾚｲｽﾀﾜｰ8F
(株) アルファポリス　書籍感想係

メールフォームでのご意見・ご感想は右のＱＲコードから、
あるいは以下のワードで検索をかけてください。

アルファポリス　書籍の感想　検索

ご感想はこちらから

エタニティ文庫

契約《けいやく》彼氏《かれし》と蜜愛《みつあい》ロマンス

小日向《こひなた》江麻《えま》

2020年7月15日初版発行

文庫編集ー熊澤菜々子・塙綾子
発行者ー梶本雄介
発行所ー株式会社アルファポリス
〒150-6008 東京都渋谷区恵比寿4-20-3 恵比寿ｶﾞｰﾃﾞﾝﾌﾟﾚｲｽﾀﾜｰ8F
TEL 03-6277-1601（営業）　03-6277-1602（編集）
URL https://www.alphapolis.co.jp/
発売元ー株式会社星雲社（共同出版社・流通責任出版社）
〒112-0005 東京都文京区水道1-3-30
TEL 03-3868-3275
装丁イラストー黒田うらら
装丁デザインーansyyqdesign
印刷ー中央精版印刷株式会社

価格はカバーに表示されてあります。

落丁乱丁の場合はアルファポリスまでご連絡ください。

送料は小社負担でお取り替えします。


ISBN978-4-434-27605-7 C0193